行吟中国

上册

张家界市国际旅游诗歌协会
中国国际旅游诗歌联盟 编

吟唱
祖国美好山河
推进诗歌文化与
旅游的更好融合
让诗歌艺术与
旅游文化共同发展

中国书籍出版社
China Book Press

图书在版编目(CIP)数据

行吟中国：上中下 / 张家界市国际旅游诗歌协会，中国国际旅游诗歌联盟编. —— 北京：中国书籍出版社，2021.9

ISBN 978-7-5068-8651-2

Ⅰ. ①行… Ⅱ. ①张… ②中… Ⅲ. ①诗集-中国-当代 Ⅳ. ①I227

中国版本图书馆 CIP 数据核字(2021)第 197245 号

行吟中国(上中下)

张家界市国际旅游诗歌协会　中国国际旅游诗歌联盟　编

责任编辑	成晓春
责任印制	孙马飞　马　芝
出版发行	中国书籍出版社
地　　址	北京市丰台区三路居路 97 号(邮编:100073)
电　　话	(010)52257143(总编室)　(010)52257140(发行部)
电子邮箱	eo@chinabp.com.cn
经　　销	全国新华书店
印　　刷	成都兴怡包装装潢有限公司
开　　本	880 毫米×1230 毫米　1/32
字　　数	485 千字
印　　张	27
版　　次	2021 年 10 月第 1 版
印　　次	2021 年 10 月第 1 次印刷
书　　号	ISBN 978-7-5068-8651-2
定　　价	168.00 元(全三册)

版权所有　翻印必究

编委会

顾　　　问：吉狄马加　叶延滨　王　山
　　　　　　李少君　　杨　克　梁尔源
　　　　　　胡丘陵　　欧阳斌　罗鹿鸣
编委主任：王兆业　　孙　鹏　覃文乐
编委副主任：刘晓平　　彭　义　杨次洪
编委委员：孙　鹏　　覃文乐　刘晓平
　　　　　　高宏标　　彭　义　杨次洪
　　　　　　石绍河　　汤红辉　王樱洁
　　　　　　田奇华　　小　北　夏君香
　　　　　　施　文　　欧阳清清
主　　　编：刘晓平
执行主编：高宏标　　彭　义　杨次洪
　　　　　　汤红辉
编　　　辑：小　北　　夏君香　施　文
　　　　　　欧阳清清

请柬——来自张家界的邀约（代序）

欧阳斌

我有奇峰三千，像三千根青翠的竹笋
已育了三亿八千万年，纯天然
我有秀水八百，像八百坛醇香的好酒
已酿了三亿八千万年，味正浓
我有黄石寨，可安营、可吟风、可弄月
我有天子山，可登高、可抒怀、可望远
我有大峡谷玻璃桥，可渡一辈子的情和缘
我有天门山天地之门，洞开，可览风云变幻
我有茅岩河九曲十八湾，可让你漂一次迷一生
我有古庸国留下的石桌，安放在崇山之巅
我有宽阔的客厅两万亩，迎候在七星山顶
我有三下锅，灶火正旺，让你每天像过年
我有桑植白茶，煮风煮雨，煮着一壶滚热的激情
我有月做的酒杯千万只，等着你在澧水的岸边
我有大景若干，小景上千

大景即大菜，小景即小碟

我摆的是山水与文化的盛宴，开的是流水席

白天不散，晚上不断

已经开了三亿八千万年，还要再开三亿八千万年

这样的盛宴怎能没有你，这样的盛宴你怎能不来

呵呵，你来就逮（好），你来就上菜，你来就开怀

请柬就此送达，我们约定：联络暗号——因为风光因为爱

联络地点——两县两区9500平方公里的每一寸土地

我们再约定——不见不散，不醉不罢休，一醉千年友

敬邀者：张家界

前 言

人生天地间，忽如远行客；昼短苦夜长，何不秉烛游。

中华民族，是一个喜爱远方，又盼望吟唱的民族。2017年，文化部与国家旅游局合为一体，社会上便流行"诗与远方终于一家"的说法。也就在这一年，刘晓平主席带领市文联党组一班人，在"诗人市长"欧阳斌的帮助下，创办了首届张家界国际旅游诗歌节；同时也创办了《行吟诗刊》，由著名诗人刘年任执行主编（首编了第一期后因教学与远行辞去），每年精编一期。去年（2020），我们又立足于传播迅速，易于扩大影响，创办了电子网刊《行吟诗刊》，请红网诗人汤红辉任执行主编。这样算来，我们倡导行吟诗歌已是四年有余，于是决定将这一段时间内取得的成绩整理汇总，付梓出版，并将我们这四年颁奖朗诵晚会的主题词"行吟中国"作为书名。本书中收录的既有历年来我们征集的优秀作品，也有面向社会搜集的其他行吟诗歌作品。我们希望，通过《行吟中国》系列的不断整理出版，让其成为行吟诗歌的重要载体，并在诗歌文化艺术中大放异彩！

为了搞好编辑工作，刘晓平主席亲自任主编，并邀请吉狄马加、叶延滨、王山、李少君、杨克、梁尔源、胡丘陵、欧阳斌、罗鹿鸣做顾问，高宏标、彭义、杨次洪、汤红辉任执行主编，小北、夏君香、施文、欧阳清清负责具体工作。因是第一次做此项工作，难免有许多不足，尤其是选稿方面的限制和水平有限，但我们会努力提高。期待您的指教，我们万分感谢！

张家界市国际旅游诗歌协会
中国国际旅游诗歌联盟
2021年元月1日

目录
CONTENTS

胡丘陵的作品	001
欧阳斌的作品	008
马冬生的作品	042
徐敬亚的作品	046
刘知白的作品	049
乔延凤的作品	053
季风的作品	058
黎落的作品	061
北塔的作品	065
董勤的作品	071
郭辉的作品	074
西村的作品	076
秦风的作品	078

李云的作品	082
李爱文的作品	084
大致的作品	087
李水荷的作品	090
空蓝蓝的作品	092
曹文瑛的作品	095
姜利威的作品	097
罗鹿鸣的作品	101
海边边的作品	106
卢艳艳的作品	109
孔如冰的作品	112
杨拓夫的作品	116
徐正龙的作品	118
杜铁军的作品	121
安琪的作品	124
卓子的作品	127
宁雪初的作品	130
伍岳的作品	133
洪小薇的作品	135
林琳的作品	137
丰桦的作品	144
吕传友的作品	147

立群的作品	149
王继安的作品	152
梅山子的作品	153
戴澧兰的作品	156
天涯觅梦的作品	159
龙红年的作品	161
梁冬梅的作品	164
刘宏的作品	167
蛐蛐的作品	169
刘晓平的作品	172
刘年的作品	176
高宏标的作品	180
陈颉的作品	185
向延波的作品	195
谷晖的作品	206
周明的作品	213
小北的作品	219
典铁的作品	225
王馨梓的作品	229
胡小白的作品	233
胡家胜的作品	238
欧阳清清的作品	242

包子的作品 244

朝颜的作品 247

钟远锦的作品 250

秋石的作品 252

（俄）娜斯佳的作品 254

廖志理的作品 262

胡丘陵的作品

武陵源

听到三千奇峰拔节的声音
我早就想，拿起架在水绕四门上的御笔
在秋天摊开的圣旨上
写一首诗

袁家界，杨家界，张家界
已经美得没有边界
一场小雨，给每一双眼睛
装上了玻璃

金鞭溪的金鞭，赶着我
穿过十里画廊
天子山，烟雾蒙蒙

八百秀水都是弱水
属于我的，只有最后一滴

三千趟火车，或者
三千个航班。装满了
三叶虫，和娃娃鱼一起
啼哭亿万年的友谊

走进地球上这绝版的山水
想想那些恐龙、虎豹
海藻和珊瑚
我的头发，大雪纷飞

点将台

面对这些，被镜头
挑剔过的山峰
我的目光，东倒西歪

石头缝里的泥土，供养着
石头上的花朵

每一个山峰，都很清高
一些石头向另一些石头学习
却难以，相互握手

点将台，点来点去
最高的那个峰，最为孤独
听得更多的，是山谷中的风言风语

点将台，点到的都是些
好看的石头

那些好用的石头，与我的骨头一样
佝偻在水泥底下，或者
成了粉身碎骨的水泥

生养之地

黄龙洞里，冰冷的眼泪
滴成钟乳，喂养
回声中的母亲

烟雨，是山村姑娘的织锦
这是祖祖辈辈的，生养之地

竹篾簸箕，晒成一个民族的月亮
凉风吹过，唱出
格丽克的诗意

当红柿子的梦幻，挂满
遥不可及的枝头
黄昏，正在回家的路上迟疑

夕阳心急如焚的时候，猕猴
正在给猕猴桃
包扎伤口

桑植民歌

叠植民歌，是与灯台缠绕的马桑树
唱得鲤鱼跳在急滩上
唱得一年不来，一年等

桑植民歌，棒棒锤在
张家界的石头上
唱得两年不来，两年挨

桑植民歌，是滚烫的澧水
冲泡几片，嫩得不忍揉捻
还是被揉捻的
桑植白茶
唱得所有的杯子，七上八下
乱了方寸

桑植民歌，是喝了张家界莓茶的
张家界人
怎么唱你莫走，你莫走
嗓子，都不嘶哑

魅力湘西

一幅国画，在武陵源的剧场
徐徐展开

冯小刚和刘欢，真有两把刷子
硬是将，沈从文的边城
变成了，熙熙攘攘的都城

满山的花朵开进庭院
曾经放大的盆景
又还原成盆景

苗族的月亮，比小伙子睡得还晚
土家族的太阳，起得比姑娘更早

白族女儿的声音，除掉了
满山的杂草

哭嫁，哭得尚未恋爱的少女
也想早一点，嫁个好男人

宋城千古情

宋城里，有很多小城故事
张家界，是黄巧灵的模特
三亿五千万年前的渔火
被她的巧手点燃

太阳，一夜就年轻起来
看惯了国画的人
不一定喜欢油画的
挫拍揉拉，跺摆涂刮

舞台上的桃花，开得
比桃花源的桃花，还要鲜艳
声光催生的马桑树，长得
比刘家坪的马桑树，还要茂盛

洪水，在同一个夜晚泛滥
高山驱逐的流水
终究，被大海收容

不论第一场，还是
第二场第三场
都是，同一场戏

大峡谷玻璃桥

踩痛一幅画。是李白
想都不敢想的事情

谁没有为了美丽铤而走险的冲动
只有透明,能够丈量
向往与现实的距离

上了年纪的人,喜欢说
过的桥比别人走过的路还多
来大峡谷的玻璃桥走一走
看看自己,赶不赶得上
乳臭未干的儿童

欧阳斌的作品

峰骨

一

峰是有骨头的,你信么?我信。

二

峰的骨头在哪里?在峰里。

登顶而望,莽莽群峰,或高或低,或圆或尖,或陡或缓,或碧或苍,是什么让它们立着?

是草吗?不是;是树吗?不是;是覆盖在峰上那一层薄薄的泥土吗?也不是。

让峰立着的是峰内部的坚土与石头,是峰内部的硬,是峰骨。

三

峰的骨头在哪里?在风里。

峰与风是一对欢喜冤家。风喜欢峰，无峰，风的行走就会缺乏目标；峰也喜欢风，无风，峰的挺立就会缺乏韵味。

风总是在变着法子戏弄着峰，鞭打着峰，磨砺着峰，峰却似乎从不畏惧风也不怨恨风。风来，峰不动；风走，峰不送；即便，在凛冽的寒冬，风为峰送来的是千万把刀子，峰也会说，刮吧，你硬，我的骨头更硬。

往往，风散了，峰犹在；风弯了，峰犹直。风可以把峰身上的树与草、柔与软全都吹去，剩下的，全是骨。

风吹打着峰，也雕刻着峰，风吹打其形也在锻造其神，因此，峰骨也可称之为风骨。

四

峰的骨头在哪里，在锋里。

每一座峰其实都是有锋的，这是锋芒的锋，这是锋利的锋，这是敲击可作金石之响的锋，这是挥动可断孤独寂寞的锋，这是迎击可劈风雨雷电的风，这是无视岁月沧桑的锋，这是昂首天地的锋。但峰却总是藏着自己的锋，峰把自己最好的骨头用在锋上，却并不想与谁争锋，这是峰的修行。

三尺之土如此，珠穆朗玛也如此。

五

峰因骨而立，而聚，而有其形而传其神。

峰无骨，垒土而已，立高必倒，立久必败。峰无骨，虚美而已，上不能承千钧之力，下不能启百代之基。

读峰，必读骨，读骨方能知其力之源泉；画峰，须画骨，画骨才算画到了峰的精神和实质。

六

峰如人。

远看，哪一座峰不似站立着的人；哪一组峰不似牵手着的人。

峰骨即人骨，峰骨硬，则如人挺立如铁；峰骨软，则人站立不稳。峰需修骨人也需要修骨，峰修骨，可以修得壁立千仞；人修骨，可以修得万世景仰。

七

在天天与峰的亲近中，我渐渐读懂了峰，读懂了张家界峰的个性，摸到了它的骨头。这三千奇峰，峰峰都是硬骨头啊，敢如笋生，敢似剑立，敢扯朝霞为旗，敢指白云为马。

与张家界人相聚在一起，我也渐渐读懂了张家界人的个性，读懂了他们血性深处的忠勇与浪漫，质朴深处的纯净与大爱，读懂了他们敢想敢干、敢破敢立的率真。

一方山水养一方人。正是这一方山水养育了贺龙这样的伟人，养育了阳戏这样的高腔。

峰是站立着的人，人是行走着的峰，久了，我把张家界的每一座峰都当作了人，每一个人都当作了峰。

我融入了他们，希望成为与他们一样的峰。

巍巍群峰，因骨而立；巍巍群峰，因骨而聚；巍巍群峰，因骨传神。

岁月易老，旅游常青；人生易老，峰骨不老。

致敬，张家界；致敬，三千奇峰；致敬，一百七十二万个性鲜明、奋勇前行的张家界人。

八

建市三十年了，三十岁的张家界已入而立。虽然，我来得晚了点，但我庆幸正好赶上了她的三十大庆。

总得为她准备一点礼物，我和许多领导都想到了为她编一本书，一本全面总结张家界三十年旅游发展、尤其是旅游营销的书。那天，当湖南日报说出《峰骨》书名的构想时，我几乎跳了起来。峰骨好，峰骨好啊，张家界的形与神，非峰骨不足以比拟；张家界的创新与发展，非峰骨不足以概括。

这个书名很快得到了领导和社会各界的高度肯定。

于是，开写。

巍巍群峰，因骨而立；巍巍群峰，因骨而聚；巍巍群峰，因骨传神。

致敬，张家界；致敬，三千奇峰；致敬，一百七十二万个性鲜明、奋勇前行的张家界人。

岁月易老，旅游常青。

人生易老，峰骨不老。

以山水邀约诗歌（组诗）
——谨以此诗献给中国·张家界第四届国际旅游诗歌节

给诗歌一个节日

春天有节，秋天有节

蓝天、白云有节

甚至，红薯、萝卜、辣椒、白菜也有节

四年前,张家界决定给诗歌一个节日
决定以山水的名义邀约诗歌
以诗歌的名义聚集诗人

四年来,在张家界
山水与诗歌年年有约,年年牵手
诗歌,给张家界以魂
张家界,给诗歌以家

等客

那天清晨,我六点起床
七点就去了阳光酒店
那天天气有点冷,天门山还飘着雪花
我手里攥着几缕阳光在阳光酒店等客
那天的客人非同一般
他们来自不同的地方
身上却有着同样的标签:诗人
那天诗是张家界的主旋律
诗人是张家界最尊贵的客人

那天除了我在等之外
书记也在等,市长也在等,市民也在等
在等的还有天门山、武陵源
还有边走边在念叨着的澧水河

开幕式

我嘱咐开幕式上要来一段威风锣鼓

诗歌也可以威风

我嘱咐开幕式上要有民歌演唱

诗和歌理应琴瑟和鸣

我还嘱咐将诗歌采风基地的牌子在开幕式上颁发

诗歌需要土壤,需要根

张家界的推介当然必不可少

那天推介时,我精神抖擞,神采飞扬

在我的眼中,台下坐着的不仅是三百诗人

更是三千首乃至三万首礼赞张家界的好诗

刘年诗歌研讨会

还是那身近似于工装的休闲服

还是那头蓬松的头发

胡须似乎刮过,并未刮尽

语言看得出有所准备,仍无多少修饰

这是诗人刘年,一如他的诗歌——

简洁、粗粝、率性、纯真

决定组织一个刘年诗歌研讨会

不为别的,只为诗,只为诗人

只为刘年诗歌中的灵与魂、痛与硬
只为刘年诗歌中
浓缩的是张家界的峰与骨

颁奖典礼暨《行吟中国》诗歌之夜
获奖者站在台上
以一首短诗而结缘三千奇峰、八百秀水
这是他们的荣耀与快乐

倾听者坐在台下
以诗歌的名义相聚,然后,又来倾听诗歌
这是文化致敬文化的最好方式

那晚,《风》《雅》《颂》那被安排到了台上
十多首精美诗歌被安排到了台上
在这个以"行吟中国"为主题的诗歌之夜
它们,得到了最高的礼遇

离别
与迎接他们不一样的是
我没有与他们一一送别
当然,这不仅仅是没有时间

这三百诗人啊,是三百个李白
我怕他们与我别后都写"赠汪伦"
我一个"汪伦",领受不起那三百首诗歌
载不起那三百份沉甸甸的离愁与别绪

山峰会不会将白云戳痛

我习惯于以三千奇峰
来概括张家界的山峰
习惯于以笋、以剑、以鞭
来比喻张家界山峰的险峻
今天,小孙女妮总来了
在武陵源核心景区
面对那笔立的山峰
面对我一而再、再而三
向她提出的山峰像什么的追问
她忽然反过来问我——
爷爷,山峰这么尖,会不会将白云戳痛
我立刻惊呆了
一个五岁小女孩的想象力已经让我羞愧
而她奇特想象力背后,蕴含的那种爱与善
更是让我一时无语

再写呼伦贝尔（组诗）

平静

准备了澎湃的激情、铿锵的诗行

准备了初见时的大喊、马背上的尖叫

准备了足有一吨重的抒情

然而，在与呼伦贝尔相见的那一刻

无风也无雨，草原出奇的平静

这让我一下子放弃了许多冲动

在一种平静、祥和的氛围中

万物各安其命

我有什么资格去矫情、起哄

辽阔

无边无际的蓝天白云

无边无际的草地

莫日格勒河变成了九曲回肠

呼伦、贝尔湖变成了两滴泪水

成群的牛羊变成了在地上走动的云朵

我乘坐的小车变成了一只爬行的蚂蚁

下车凝眸的我，变成了一根草

要是真能成为一根草就好了

可是，我又得马上走

在呼伦贝尔这巨大的辽阔面前
人最大的收获是越发知道了自己的渺小

羊

那么温驯
风雨随时可以挥起长鞭抽打你们
人可以随时挥起长鞭抽打你们
牧羊犬也可以随时对你们狂吠，驱赶你们
那么温顺，一只被捉住了
明知凶多吉少，也不大吵大闹
其他的也只是默默送行
那么温顺，那天
我的肚子中装着你们同伴的身体去看你们
生怕你们中有愤怒者会起而撕咬
事实是，那天你们仍然平静、镇定
呈现出来的依然是一幅祥和的图景

牛

不用犁地，只需吃草
而且，草还是大片大片的草
草上还有碧蓝碧蓝的天和大朵大朵的云
看起来，草原上的牛
比我家乡的牛不知道要幸福多少倍

事实是：当一头公牛要照顾几十头母牛
当一头母牛每天要挤出一大桶奶
不是因为爱，而是因为自身之外的需要
他们的辛苦指数，一点也不会逊于我家乡的牛

马

作为男人，不管生在南方还是北方
大多会有马背上的梦
大多会把自己梦成一个侠士或一个将军
纵马驰骋，足踏苍茫
于万人瞩目中，取敌上将首级
抑或，于万人艳羡中，仗一剑，带一琴，伴一人
吟风弄月，走天涯
那该是一件多么惬意的事情

那天，在呼伦贝尔大草原
我拒绝了一个跑马场的骑行
众人不解，以为我是嫌钱贵嫌马瘦
他们不知道，其实我是在担心自己老了
即便跨上马背，也进入不了
自己谋划了几十年的梦境

呼伦贝尔湖

她叫呼伦,他叫贝尔
曾经,他们是一对善良而又恩爱的夫妻
现在,他们是紧挨着的两个湖泊
外国游客说,他们是罗密欧与朱丽叶的化身
中国游客说,他们是梁山伯与祝英台的化身
诗人说,他们是千古爱情
抛洒在草原上的两滴泪水

这次去呼伦贝尔大草原
我只去看了呼伦湖,没去看贝尔湖
不仅仅是因为时间,更因为
一颗年过半百的苍凉之心
已经受不起两滴眼泪的同时洗礼

莫日格勒河

莫日格勒河,九曲十八弯
莫日格勒河,神圣又洁白
莫日格勒河,它是草原献给蓝天的哈达
也是蓝天回赠给草原的乐谱
风识谱,时常弹奏出动人心魄的乐章

天岳幕阜山（组诗）

天岳

去平江天岳幕阜山的路上
同行者一路都在向我推介天岳
他们说了 N 种幕阜山又叫天岳的理由
我都微笑点头
这世上所有的山，原本都是没有名字的
叫东岳、西岳、南岳、北岳、中岳
还是叫天岳，都是人定的
他们说出天外有天、岳外有岳
"五岳之外有天岳"这句广告词时
我也表示了赞同——
让天岳与五岳站成六兄弟当然好
他们说出"五岳之上有天岳"这句广告词时
我表示了置疑——
山又不会叠罗汉，一座山怎么可能像人一样
坐在另几座山的头上

雷神

风有风神，雨有雨神，雷有雷神
这是人对自然的敬畏
他们说天岳幕阜山上住着雷神时，我信

信这是古代先民为雷神
为那位总是毫不留情，总是惊天动地
总是呼风唤雨，总是急急如令
一点也不温柔缱绻，一点也不儿女情长的雷神
构想的一个立足之地

即便是雷神也有人爱。我想
这可能是后来包公、海瑞等人的精神支柱

先人与仙人
同行者善谈
由雷神而燧人氏、而伏羲、女娲、大禹
他可以一口气列出若干个
与幕阜山有关的仙人
这些仙人都是我们民族的先人

仙者，人之依山也
走出深山的人让留在深山的先人们成仙
这是一种崇高的精神寄托
你说幕阜山住着一万个仙人
我也相信

古银杏
三棵古银杏
年纪都在八百岁以上

他们是兄弟还是姐妹
同行者没有谁给我准确回答
他们相依相偎地连在一起
那神态,像聊兴正浓
八百多年了,还一直聊个没完

八百多年了,山外面的世界几经沧桑
多少人聚了又分了,爱了又恨了
多少事成了又废了,废了又成了
三棵古银杏似乎完全不感兴趣
你变你的,我聊我的

古银杏树叶

我有私心
游幕阜山,我未带走云
未带走雨,更未带走花与草
但我在那三棵古银杏树下
悄悄捡拾了一片树叶放入袋中
我相信那一片树叶刻录了三株古银杏树的声音
刻录了幕阜山清脆的风声、雨声、鸟声
我要将它带回长沙
我要在嘈杂的市井声中
在自己偶尔也按捺不住的浮躁之情中
拿出来听听

骊山老母殿

跪拜、叩首、上香

我的虔诚让周边的人有些惊讶

他们大多知道我的工作经历

知道我的信仰是马列,而非佛、道

他们不知道的是:我是一个自幼失母的人

艰难困苦征服不了我

而这殿上"老母"二字

轻而易举就打动了我的灵魂

让我禁不住要跪拜、叩首、上香

天气

我去的时候是金秋的黄昏

山下有雾,山上无雾是真

非但无雾,山上还出现了晚霞

出现了一轮明月,这也是真

同行者中有人附和,说这是为我而备

让我惊恐得无地自容

我是谁?渺小如微尘,平凡似草芥

如果欣逢了一种好天气,那是我的幸运

要说某一种好天气是为我备

我只能理解这是一种戏言

如果我信了,就意味着

我对人生与自然的感悟

又得退回去，从五岁开始悟起

深爱（短诗 30 首）

烟雨张家界

A. 云

你往南走去张家界

看到一些云彩也在往南走

别惊扰它们，它们可能也是去张家界

你往北走去张家界

看到一些云彩也在往北走

别惊扰它们，它们可能也是去张家界

爱美的人都在往张家界走

优秀的云都在往张家界涌

比你先到的云，是特意提前赶到，为你造景

比你后到的云，正抓紧赶路，为另一些人造景

云在别处是水是雾，是平常是淡忘

在张家界是诗是画，是惊喜是赞叹

B. 雾

要允许有雾

要允许这三千奇峰、三千精壮的汉子心怀柔情

要允许有雾

要允许这八百秀水、八百柔媚的女子心怀梦想

要允许有雾要允许张家界这绝世的美景,跟游客互动

要允许雾跟游客玩点小朦胧

让它们把惊艳的美景变成一首首诗歌

要允许雾跟游客来点小亲近

将缭绕于山水间的一丝丝洁白变成哈达

一会儿系于山的胸前

一会儿系于人的胸前

C. 烟

城市的煤气管道是烟的敌人

毫不留情地驱赶着烟

世界自然遗产,禁烟

国家级风景名胜区,禁烟

国家森林公园,禁烟

5A级景区,禁烟

都对,烟都无怨言,烟的选择是退

退出城市,退出景区

退到小镇的边边,退到山旮旯

藏入农户,藏入民宿客栈

在张家界,现在你要走出城市好远才能寻到烟

寻到那一缕缕升腾于屋顶的婀娜和浪漫

见到了烟,你就是见到稀世珍宝

就是见到了乡情、乡恋、乡愁

这样的时候，我会两眼发直，并示意你——
嘘，别作声

D. 雨
在张家界，雨是大师，名气比我大
大雨是大写意，大泼墨
倾盆的色彩自天而下
欸乃一声，山就绿了，水就碧了
中雨是抒情诗，天在念，地在听
你也只需侧耳就行
侧耳，你就能听到三千奇峰的豪迈
八百秀水的柔媚
小雨是小清新，雨中藏着梦幻
藏着故事，藏着狐狸
雨是诱惑也是邀约
雨邀你前往，你前往了
她就会粘你的头发湿你的衣裳
就会与你融为一体
而你，就会与景融为一体

张家界·崇山
因为崇
我愿抬头
因为高

我愿仰望

因为崇高

我愿望双手合十

因为一座叫做崇的高山就在身边

我愿每天许下两愿：仰，不愧天；俯，不愧民

因为一座叫做崇的高山就在头顶

我愿每天干好两事：出，敬业；入，修心

亲亲澧水

我慢，它慢

我快，它快

我与同行者窃窃私语

它不声不响跟在身旁

今夜，一条在源头就桀骜不驯的河流

一条已经闯过了许多高峡险滩

曾经波涛汹涌、充满传奇的河流

在我面前温顺如此

除了感动，除了铭记

除了在内心亲亲它的浪花

并剪下几束存入诗歌

我还能有什么话说

云天渡

取名云天渡的那座桥

横亘在两山峡谷间

许多人真以为云天可以渡人

其实,云和天与我们一样

也是桥上的过客或看客

能渡人是人自己

那天,一个年轻人

在桥上最危险的地方站了七个小时

他想就此一跃,等待云天来渡这七个小时

有人一直在苦口婆心地跟他做工作

而云天始终不言不语

七个小时后,这个年轻人终于转身

重回人间

茅岩河·心湖

这是天地之心

天,何其大;地,何其广

天地和,始有人,

天地和,始有心

你看,这颗心多么蓝,多么深

这是天使之心

天使,是天地的信使

她们有时候是风，有时候是雨

更多的时候是一缕缕温暖的阳光

你看，这颗心多么明，多么亮

这是大爱之心

天地有大爱而不言

世界，因爱而精彩；人生，因爱而幸福

爱，你来，就给；幸福，你来，就有

你看，这颗心多么圆，多么甜

这是心湖

这是镶嵌在张家界茅岩河畔的心湖

曾经，她深藏，因神秘而美丽

现在，她绽放，因美丽而神秘

深藏，是在等你

绽放，也是在等你

万福温泉

叫万福是可以的

如果一种生活可供万人体验

一种幸福可供万人共享

一种温泉可供万人宽衣解带

款款入水，拍打，嬉戏

或者，什么也不干仅

仅在水中躺着

就能享受一种来自地球深处的温暖

并且，在温暖中陶醉

古山·特权

古山只是一个小小的村庄

当年,我教儿子写字

教完中国二字之后就教他写古山

现在,我教小孙女写字

教完中国二字之后接下来仍然是古山

我让古山这个小小的村庄

跨越了一乡、一县、一市、一省

跨越了我所遇见的所有风景

我在我的儿孙们面前

行使了一点点小特权

我想以这种方式告诉他们

古山虽是一个小地方

但它是生我养我的地方,在我的心目中

它的地位仅次于中国

羡慕·雁

童年,在故乡

看到一群群大雁从头顶飞过,飞向远方

心生羡慕

现在,在远方

看到一群群大雁从头顶飞过,飞向故乡

心生羡慕

客从衡阳来

大雪那天,客从衡阳来

浓酽的衡阳话

比他们乘坐的小车早一秒抵达

我伸出双手,正好稳稳地接住

握于掌心

接下来,我们大声地用衡阳话聊天

谈多年前的某些旧闻

仿佛,那天他们的到来

不是因为一场高雅的诗会,

而是为了让我过一次酣畅淋漓的乡音之瘾

那天,大雪纷飞

我捂着乡音取暖,不冷

椿

再老的椿树

春天也会发芽

发芽之后

椿对春只有一句话——

且将嫩芽拿去

再老的父亲

也有舐犊之情

我父亲六十五岁那年去了一次故乡

带回烧饼数枚

尽管三年后他就永远回归了故乡

但老父亲那年带回的那几枚烧饼

至今仍让我齿有余香

木瓜

木瓜,外表并不难看

里面也有红红的芯

也有黑黑的籽

也有缠绕于红芯黑籽之间的甜

我实在想不清,小时候

父亲为什么喜欢跟我开玩笑

说我也有点木,是个木瓜脑袋

而不说我是个西瓜脑袋或冬瓜脑袋

我后来才知道木瓜脑袋

是村里长辈赠给我父亲的绰号

我父亲因为喜欢这个绰号才又将它转给了我

木,不太硬,不太软;不怕硬,不欺软

提灯

我们能放心走路

是因为有人在提灯

我们能给人欢喜

是因为我们在提灯

灯，时隐时现

隐，是精神；现，是物质

太阳是一盏灯月亮，是另一盏灯

生肖·蛇

生肖属蛇，躬身大地

不与龙比

为了生存，需吃点小草

吃点小动物，实属无奈

心中有毒，常怀愧疚，也常怀恐惧

为此，总是忍着、避着

生怕与人正面冲突，万不得已

宁愿将毒吐向空中，吐向自身

也不咬人

偶有同道者一不留神成了龙

不攀比，更不嫉妒

玉兰

玉兰，有两个女儿

一个叫白玉兰，一个叫紫玉兰

这让多情者常常犯难

怕多爱了白玉兰，得罪了紫玉兰

又怕多爱了紫玉兰，得罪了白玉兰

玉兰花开

我关注一株紫玉兰久了

我关注到紫玉兰的叶片又大又多

紫玉兰的花,要等到这些叶片全部掉落

才会盛开

我曾经在一首诗中说紫玉兰的花像观音

观音要等到自己的欲望都消尽之后

才会成为观音,去佑别人

我关注到人世间许多杰出者的成功

就是玉兰花开的过程

银杏·隐

大隐于市

即便是在人民广场这样热闹的场所

银杏照样笔挺、安静、闲适

照样结果,哪怕没有一个人在乎它的果

照样落叶,哪怕没有一个人注目它的叶

照样在风中摆动,哪怕没有一个人知道

这是它练了一辈子的舞蹈

月月桂

月月开花,不分春夏、无论秋冬

有人说,这是贱

她说，这是愿

我情，我愿

月月送香，不分昼夜、无论老少

有人说，这是傻

她说，这是给

我有，我给

月月生长，不分高低、无论褒贬

有人说，这是苦

她说，这是乐

我忙，我乐

睡莲

白天开花，晚上睡觉

开，开得鲜艳

比玫瑰更鲜艳也不管

比牡丹更鲜艳也不管

睡，睡得安稳

星光再灿烂也不睁眼

蛙鸣再悠扬也不睁眼

我总在向睡莲学习

总想在白天还绽放得更热烈一点

总想在夜晚还睡得更安稳一点

太阳能灯

白天,凭一块薄薄的板面

聚光蓄能,风雨无阻

夜晚,再将吃进去的光吐出来,无私无畏

一只太阳能灯就是一只以光为食的蚕

一个发誓为人类奉献自我的人

就是一只太阳能灯

两地书:闻香

你用手机对准你那边的一树桂花

问,闻到香味了没

我说,闻到了

我用手机对准我这边的一树桂花

问,闻到香味了没

你说,闻到了

我们同时大笑

哈哈,真划算,我们凭借小小的手机

闻到了两地的花香

两地书·莲与睡莲

莲与睡莲,都很美丽

她们的区别是

一朵出水,亭亭玉立,自强而又圣洁

一朵傍水,似睡非睡,幸福而又陶醉

莲与睡莲,我都喜欢

我想象她是我深爱着的同一个女人

我不在她身边时,她如莲

快乐地工作,坚强地生活

我在她身边时,她如睡莲

幸福地陶醉在我如水的爱恋

做她的小女人,依我靠我

而我,哪怕实际只是一池碧水

也愿有大海的胸怀,大海的臂膀

大海的港湾

两地书·戒

那日闲着,你语重心长

有糖尿病了,不能再大吃大喝

该知道守戒了吧你像观音,给我一一指点戒条

色当然仍排第一,这个在我的意料之中

其实,我早就戒了

你又说出了糖、肉、甜果、乃至米饭、面条

我都一一点头,像个犯错的孩子

像个不曾遵守戒条的小僧

但你说到酒时,我还是大胆说出了"且慢"二字

夫人,我还有三千丈豪情在酒中

还有八百吨快意在酒中

还有十万里路云和月在酒中
叫我全戒，难啊

两地书·瑜伽
退休后，你迷上了瑜伽
你可以一口气说出瑜伽若干种好
但我只记住了一个字：软
瑜伽可以让你的身体软下来
让你卷曲得像只蜗牛
瑜伽也可以让你的性格软下来
让你哪怕受了委屈
也能坦然视之，乐观相对
你说：瑜伽男女皆宜，你也练吧
我笑言，还是你先好好练
我还没有退休，还不能太软
还需要硬，有时，还需要铁一般的硬

两地书·浪漫
一会儿，你在微信上说
浪漫醒了，在窗台上晒太阳
一会儿，你说浪漫坐到小花园去了
再过一会儿，你又说浪漫爬到外面的桌子上去了
天转黑，你说浪漫开始工作了
夜深了，你说浪漫开始睡觉觉了

并且，催我也赶快睡觉

不知道的人，看你这么写

还以为浪漫是个人，其实

浪漫只是一盏小小的圆形太阳能灯

是你给它取了个绰号叫浪漫

一盏小小的太阳能灯

能被你玩出一百个浪漫的花样

展示出一百种浪漫的神态

这是你的本事，是你的聪明和乖巧

也是我平凡生活中的幸福和快乐

故宫·雪

前朝已去，留下一些宫殿，一些物品

每年，都有雪来，寻物、寻人

雪有大爱

再破烂的朝代都有雪前来凭吊

雪有大善

再破烂的先人都有雪前来抚慰

虫草

冬天为虫

被风雪追着，无处躲

夏天为草

被鸟兽追着，无处躲

终于想通了，不躲

就地坐定，无我，等人来

等人连根拔起，成汤、成药

成黄金，成奢望

成雪地中的传奇

成血液中的补

星星与尘埃

星星是挂在天上的尘埃

尘埃是踩在脚下的星星

我们仰望天空的时候

月亮正俯视我们

我们俯视大地的时候

群蚁正仰望着我们

我们在俯仰之间成星、成尘

我们在动念之间成凡、成圣

妮画我赞·雪人

好蓝的天啊，好白的雪啊

你画了五个雪人

你给他们每个人都系上了一条红红的围巾

你给他们每个人都扎上了一块鲜艳的头巾

你的雪人相亲相爱

你的雪人任雪飞舞

你的雪人在雪中，不冷

在异地的雪夜读你的画

小孙女，我多想是你的第六个雪人

妮画我赞·海豚

你有这个胆量

因为太阳，让海水成为红色

因为喜爱，让海藻成为紫色

因为飞翔，让海豚接近了太阳

你有这个胆量

想怎么画就怎么画，想怎么着色就怎么着色

在你的创作中，世界是你的

创意是你的，颜色是你的

你，可以任性，可以无拘无束

稻

因为热爱，所以饱满

因为饱满，所以低头

因为苍天在上，所以无怨无悔

因为大地在下，所以耐涝耐旱

因为坚忍，站成了原野中的黄金

因为善良，转眼又将把黄金捧出献给人类

马冬生的作品

张家界的三千奇峰

1
三千奇峰是张家界生养的三千个男娃
每一峰都是张家界光宗耀祖的好后生

各穿各的绿军装,各耍各的花木枪
这奇异,是张家界打小就给惯出来的

各看各的蓝天,各眺各的远方
这志气,是张家界家庭启蒙培养出来的

三千奇峰,每一峰都各有各的名字
每一峰都铭记着光阴的教诲与嘱托

不屈膝,不匍匐,不争锋,不夺势
只顾长精神,只顾异想天开拔地而起

2
三千奇峰,每一峰像什么并不重要
如人如兽、如器如物,山峰的本质不变

如人,一定会在人间找到这个顶天立地的人
一定会在天堂找到这个人的不朽的灵魂

如兽,也许是某种兽太爱张家界的缘故
死后变成了山峰,也要死在张家界的怀里

如器如物,这样的奇峰会让人想到老家
想到可以寄托乡愁的陶坛瓦罐,石狮马槽

我也要在三千奇峰中,找到我自己
我也要在来生,立成张家界的一座奇峰

3
千年万年,就认得张家界是不能离开的家园
每一峰,都是张家界引以为荣的好孩子

而有的人不行,长着长着就讨厌了自己的草窝
瞧不起爹娘,恨不得把祖籍涂抹更改

可以倾倒,可以断崖,可以折回,可以绝路
而每一峰,从来都不会矮下去或者跪下去

无论高矮胖瘦,无论远近高低
张家界也不会舍得送出去其中一个

大千世界有众多的山峰,都想来寻根认亲
拜师学美,而这三千奇峰总是宠辱不惊

4
不要拿走张家界的任何一块奇石
不要移植张家界的任何一棵树木

尽管张家界从不吹响集合的号声
尽管张家界从不矫正各异的念想

三千奇峰清正廉明,谁都不会答应
谁都不会伸出巨笔把美任意涂改

三千奇峰,共同的武陵山血脉
凝结一种集体主义精神生生不息

每一座山峰,都在默默注视着人间
每一座山峰,都在深扎灵魂的根须

徐敬亚的作品

张家界，神替你删除了多余的部分

从遥远的外太空
潘多拉星球的纳美人，隔着月亮
射来三万三千支箭
一万支被大风吹断，化为岩石
一万支被海水淹没，露而为岛
一万支被黄土掩埋，隐入了山脉
而在阿凡达寻根之地，三千支箭化作奇峰
根根直立，和土地连接在一起，如三千只手指
一齐指向你
来吧

来吧来吧，张家界——
张，是张开翅膀的张
家，是回家的家

界,是界限的界,跨界的界——
山界的界,地界的界,天界的界
是我这次来,和下次来之间的
那个界

我每来一次张家界
都长高一寸
每来一次张家界
都苗条一次,俊俏一次
每次都离飞翔的鸟儿们
更接近了一次

你看,那一根根百丈的悬峰
俊俏的骨美人,张家界独立大使
我每一次就是从那块最高的石头上飞下来的
那么陡峭,那么笔直,她怎么可能
还能被叫做山?

如果是山,只能是属于潘多拉星球的山
属于我们的智力很难理解的山
张家界,是神替你删除了
所有多余的缺少意义的部分
如同分开人群选出中间的王
如同剥开一层层洋葱
只剩下山的花蕊中那根最直的花芯

只剩下山的核心，山的骨头，山的灵魂
只剩下整条山脉中最垂直的那股力量！

是的，我就是奔着
这股地球上罕见的力量来的
在潇湘地图上，在那幅鹰钩鼻子的人像额头上
奔着这一片仿佛来自外太空的神秘山峰而来，来吧

来吧，张家界——
张，是张开双臂的张
家，是四海为家的家
界，是跨界的界——
是红尘与仙境之间的那个界
是你这次来，和下次来之间的
那个界

刘知白的作品

张家界夜话

(一) 月语

张家界
是日月的宠儿
硬朗的巉岩肃穆无声
汉子的骨骼在父爱的炙烤下硬朗内涵
可
俊伟的张家界
却是在月语的叮咛中彰显
你看
月的峨眉一扬
便用一泓湖水把儿子抱在怀中
群峰像一粒粒蝌蚪在碧波中荡漾
满山的秀木像水草

和蝌蚪做起了迷藏
这开心的时光啊
怎能没有歌声
你听
曼妙的歌声
荷叶田田
你看
月光下
桑植那匹神骏的白马
山立回首
倾听那穿越千年
不绝如缕屈子的和声

(二) 地语

多彩的和声
群峰曼舞
明灭的篝火
为韵致的鼓点击节扬声
月儿笑而不语
鸽子花只想振羽高飞
哦
这个季节真迷人
我枕着梦
却只想睁大眼
看不够这天庭的后花园

风光无边

别出声

你瞧地藏王菩萨坐下的地听

也悄悄地探出头

呼朋唤友

咬着耳朵努着劲儿

力争望远

看

这露出地面

像一个个感叹号的潜望镜

可是

被阳光劝留的地听们的群影

(三) 山语

有人说

张家界是《山海经》遗失的一页

神仙说

屏蔽天庭隔绝地听

张家界才能仙境般孤存到现在

鸽子花说

解除我的魔咒

我还想做往返天庭的信使

大庸城说

我是天上宫阙的投影

护佑这山这水和那回声悠远的万籁

天门山说
叠叠山石就是闪存的 U 盘
仙人们穿越时的影像
我一定如实地记录在案
明洁的巨瞳说
每一个往来的游客都不会说谎
欢声笑语绝不是真实的谎言
这时
我听到一声直击我心扉的坚定
屹立亿万年
我四季如一无悔无怨
如果可能
我一定要和群峰一起
走下山
去看看这日新月异的人世间

乔延凤的作品

武陵源里

迎客酒
杯盏叠加又叠加
执壶的那位土家族姑娘
见机行事
左顾右盼
和添酒的姐妹们配合
一个个都真心实意
机灵豪爽

这个场面吸引住了
全场人的目光
在一片喝彩声里
客人的杯盏一次次
加满又加满

甜甜的米酒就顺着客人
来不及拒绝的嘴角流淌

酡颜的灯火
愈来愈亲
也愈来愈亮
谁抢拍下了一个现场快手？
传到了微信群里
引得众人都低下头
在手机屏上疯传

土家族的迎宾宴
真心实意
许多来客
都是第一次碰上
她们劝酒的方式真不一样
米酒增添了迎宾宴的
亲密和豪放
初进武陵源
宾客的情绪就被这
一杯又一杯的迎客酒点燃

宴厅

矮桌子
一摆开就是十几排

走进了宴会厅
客人们都又回到了
自己的儿童时代

灯光里
酒气格外明亮
眼前晃动着的
全是一张张
欢乐的笑脸

色、香、味俱全的
鸡、鸭、鹅、鱼
就在一次次
推杯换盏中
频频更换
乐曲声里起舞的身姿
格外妙曼

刚刚从天门山、黄石寨下来
还带着那里的
泉声、云影
和奇峰的神秘光彩
夜晚就来到了
温暖的武陵源
千年过去了

陶渊明笔下当年的村民
早无踪影
可分明又一个个活在
我们的眼前
今晚
只有这土家人的杯盏
和他们开怀的笑脸
令人终生难忘

转场舞

最高潮的一幕
终于来临
谁最先领起了转场舞？
手拉手，肩并肩，舞姿蹁跹
绕过了一桌又一桌
绕过了一年又一年
来到了青青葱葱的
今天
桃花的面颊影影绰绰
就连宴厅的顶棚
也跟着歌声里的舞步
一起旋转
开心漾在了每一个人的
脸上、脚上、心上

夜月躲在枝头探问：
谁说武陵人远？
不远不远
就在身旁，就在今晚

季风的作品

张家界

山是眉峰聚。张家界
每一道聚起的眉峰
都是一处鬼斧神工的风景
每一处风景,都是被上天
饱蘸千姿百态的流云
描摹成的一幅浓淡相宜的水墨

雾岚绕着树的影子缠绕
风声牵着花的香气弥漫
即使每一块砂岩,都
镀上了太阳迷人的光泽
难怪来一次张家界
就把心留在了金鞭岩旁

比这水墨风景更美的
是环佩叮当错落有致的音乐
仿佛山涧中隐藏着一支管弦乐队
演奏着一曲曲大自然的绝妙交响

音阶若山势忽高忽低婉转旋绕
音量若大珠小珠次第滚落玉盘
青翠流淌在管间
鸟鸣雀跃在弦上
难怪来一次张家界
就把魂丢在了金鞭溪畔

不知道黄石寨的传说，被民间
追捧了多少年，只知道
一旦登上了青岩山极顶
就会涌动"一览众山小"的壮志与豪情

不知道天门山的神仙有多灵
只知道有神仙就能赐我以慧根
有了慧根的诗人，一来到这里
就会油然而生许多的想象与灵感

有诗的地方就是天堂
写诗的游人就是天使
天使的家就在这人间仙境

难怪来一次张家界
就把梦安放在了
这个神仙做梦也梦见的地方

黎落的作品

给张家界的一首诗

我站在这里,目睹你
用一种气势上的泓美引领山水
羽翼丰博,具有展翅腾飞的辽阔
我的心,在我的胸腔里跳跃
一万匹马的奔跑
一万条江水的浩瀚

不。她是柔美的
是绿色浓茂下的森林。原野。溪水
是一座山峰连着一座山峰的耸立
一片竹海连着一片竹海的幽蓝
她是母亲,是镜子
干净。清明。是湘鄂渝黔红色根据地的发端和渊源

选一个雨雪霏霏的冬日
或者五月。风像梳子
最好带上诗集，带上满身的绿
面对一座翡翠的人间之地。所有的词根都是多余
唯有我的心——张家界，我要交给你。

我是游子，是千里归来的一滴水
在9653平方公里的土地上回溯
是相遇，在170万人群中寻找一个眼神
我从万里高空赶来
从打开的历史深处赶来
我卑微。因为我饱含深情
我火热。因为我有煤的硬度和质地
你看到煤在燃烧，就是看到我在燃烧

20万年前，你就是一群人的母亲
是我血脉里的姓氏。我的骨头含铁，在风中哗哗翻动
口音里有云朵，它们在累世的轮转中
下成一场有一场的疾雨
一条又一条的鞭子。抽打我，捆绑我
但它们绝不会放我离去。我深深知道啊——
我的张家界。我的武陵源

你是平和的。山地。岩溶。丘陵。岗地和平原
在横纵交错的时空里承载了无数儿女的情怀

又是跳跃的。极窄的线形谷底,岩壁陡峻,滩多水急
你是多棱镜里折射之光,是
酣畅的大山大水。我是画中人,我在画中走

我的相机沉重,它取下一处风物,就是取下母亲的一根青丝
澧水和溇水在取景框里蜿蜒
我的血脉活了,有水声在身体里奔流。一路直下
在洞庭湖的烟波浩渺里沉沦
生命的全部意义就是找到一个终点
在等待和寻找中,我看见了你,故乡
我的张家界。我的天门山。

我在64.6平方公里的武陵源流连,植物赠予我芬芳
银杏。珙桐。杜仲。灵芝草
我绿色的姐妹们,优雅的,迷人的。她们是清脆的鸣鸟
是治我顽疾的药丸。我伸出手臂,一只娃娃鱼跳上来
它在我的掌心跳舞。苏门羚、华南虎、云豹、米猴、灵猫
哦。我可爱的小伙伴,你们好。
人类和大自然相亲相爱。这是我的家,也是你们的游园

我在黄石寨凌空俯瞰。在九天洞和神仙交谈
我有那么多话可说,我的喉管里有一团火,一块铜
我要哭嫁。要甩出九子鞭。要放愿灯
要跳起摆手舞,擂响三棒鼓

我要去见一见刘明灯。孙开华。拜访一下廖汉生。袁任远
我竟然无语凝噎啊——我的母亲。我的张家界

我走在所有亲人中间，思念落在诗集上
我是悲伤的，更是喜悦的
我看见那些新鲜的，活泼泼的气象
正在拉开。母亲，如果你历经沧桑的脸有泪
就让它自由的滑落吧。一道光已经闪闪而来

北塔的作品

雨中的猴子

大雨突降时
你跳将出来
仿佛这洗天洗地的一幕
只是为了衬托你的表演

一块石头毫无依傍
就是你的靠山
你的表演就是把自己的屁股
钉在那石头上
一动不动
直到雨主动退场

四周的峰峦
纷纷倾身于你

每一座都有一个水帘洞
供你挑选

这场雨算是玉皇大帝那老儿
对你的一顿臭骂
劈头盖脸，唾沫横飞
而你岿然不动
比石头还石头
比佛还佛

金鞭溪的蝉声

这蝉声抽打着金鞭溪
抽打着山坳深处的岩石
仿佛要把岩石赶下山来
把溪流赶上山去

日夜不断地灌输给每一个洞穴
翻动每一片叶子
堵塞每一处路口
与每一只逆风的耳朵不期而遇

命悬一线
——兼致本家画师徐萍

题记：像高空走钢丝这样最高超的技艺都有冒险性，都只凭一根丝，写诗绘画亦如是。

众峰之上
孤悬一根线
只有那登上最高峰的人
才有资格上去走一趟

众鸟像脚镯
绕着他的脚踝鸣响
云团如围巾
挂在他脖子上飘荡
蜘蛛参加另一个级别的比赛
两者相差六条腿

假如那人从高空跌落
接住他的
是一块无字的石头
还是一丛无情的草木？
还是一团无根的迷雾？

比岛还孤独（组诗）

大湖中的火山

我从各个方向打量它，打探她，试图用镜头摄取她，咔咔咔，不是挑逗，是挑衅，但它没有表现出任何火气。

该喷发时就喷发，然后沉沉地睡，雷劈天打，也不醒来。

然而，沉睡是她的表象，她胸中郁积着一万块石头，石头下压着一万道火焰，那是她子宫里的一万个孩子，正等着被焚化。每一次出生都是浴火重生。

经过闪电的洗礼，石头由红变黑，由实变虚，由重变轻。轻得像木头，像羽毛，像童谣。

每一块被火精心镂空的小石头，都像一个个埙，让风和浪合奏出宇宙最初的乐音。

当她踏着巨大的风火轮，带着一万块熊熊燃烧的石头，在半空中狂奔，她回到了童真。

天帝在四周布下水的罗网——几乎望不到边的尼加拉瓜湖、加勒比海，装下全世界所有火山还绰绰有余的太平洋。但是，天罗地网足够容纳一个火孩子的任性玩耍。

玛雅文化遗址

1

又是石头，因为硬而受用，因为硬而受难。

在模糊的镜子里，一张张黧黑的脸；连它们都破碎了，历史怎能完整？

那被强加在它们身上的图形和文字,多么漂亮,多么有意义,多么虔诚,被关注的程度远远超过它们自身。当这些图文被破译,石头才回到石头,是幸还是不幸?

一个个形状各异的脑袋,仿佛一夜间,被理发师剃光了,再也长不出头发。多么高明的手艺!这么容易就去除了通往神明的障碍!这么容易就要被神明照亮!

一片片田地,曾经被刀耕火种,由荒芜走向繁荣;那使得它们重新走向荒凉和虚无的,是雕刻和焚烧。

2

如此散乱地被堆放在一起,是怎样的暴乱造就了如此的混乱!

没有门的出入,惊叹号成了问号。回答我的只有沉默的石头,点缀着亘古的风声和鸟鸣。其实,鸟也在死亡,风也在消殒。那让我错以为亘古不变的,只是它们的声音。这些声音是否进入过石头?为什么不再属于石头?如何让石头重新拥有?

一百年造就一座宫殿,一千年是它的预期寿命;而摧毁它只需要一个旦夕。然后,在面目全非中了此残生。一万年,一百万年,比岛还孤独。连死神都忍受不了这一切!

3

我的左脚还没有离开前朝,右脚已经踏在了另一个朝代。是否有一张嘴,终将被撬开,讲述一张脸如何被面目替代?变脸至今还是一门绝技,而任何一家小作坊,在四千年前,就能制作面具。为什么有了脸还要有面具?有了面具还要有脸?

所有的神都习惯于在面具后面窥视，他们的微笑里镶嵌着我们的恐惧。多少次，为了赢得这微笑，我们被自己的心灵出卖，正如石头被苔藓掩埋。

4
没有吼猴的怒吼，你休想找到神庙的出口。

在秋叶的舞蹈停止之后，屠刀劈在滚烫的石头上，闪现寒光。

曾经多么精细的设计、整齐的施工，全都乱了，像一桌刚刚胡了的麻将，胡了，胡了！你不要问，是有人自摸，还是另有人放炮。

那留下来的，除了石头之神，不会有别的神明。石头只能自己照顾自己，自己证明自己。

5
这些从一开始就被抛弃的下脚料，跟顶梁柱来自同一个矿场，如今又跟倒塌了的顶梁柱混在了一起。从区别不大，到迥然不同，再到差异很小。石头社会没有那么僵硬的等级制。

它们同样被大地承载，同样被天空青睐，被羽蛇缠绕。

它们才是历史最忠实最有力的书写者，而我充其量只是一个抒写者——抒发点个人的情思，或哀或怨，如此而已。历史从来没有全部，除非我跟石头合作。

——2015春节期间写于中美洲尼加拉瓜格拉纳达国际诗歌节

董勤的作品

与好友在张家界

茶已三巡,蛙鸣像怀古
几分卷轴拉开,是十里画廊盛世

好友在屋外喊过几回,说伸手可以
捏出一团团云雾,天鹅绒般细腻

文字落实到实处,像张家界的小木屋
像武陵源不安分的小溪流
抑或黄龙洞中,仙人坐过
尚有余温的石凳

瞧,白鹤在云中漫步,伸出细长翅膀
想带上我俯瞰,这绿成湖泊
的森林公园

好友反复和我念起,哪个地方
最值得去,换上青衣布鞋
登一登青云梯,留下人间一片
窸窸窣窣细语声

如果身至金鞭溪,仙人一样
石上独坐,就着清澈溪水
洗涤我满目的尘烟,峰峦倒影
其中有穿红衣的女子,骑牛车
半空中凌云飞过

在黄石寨中,向砍柴人问路
万古茫然,不知道往哪里
才能走到人间尽头

如果身至天子山,我怀有
朝拜吾皇的感慨,朝霞稳稳
停在山间,早膳流水般递来
有清蒸鲑鱼,粉蒸肉,糯米酒
天子也带着青山绿水的气质
看他瘦了,我很担忧
看他把细狼毫搁在砚上,蹙眉沉思
有几句话嘱托给,我们这些外来人

如果身在天门山，我要去天门洞
邀请一些热爱山水的朋友
他可以姓李，也可姓杜
姓苏姓辛亦可，一棵青松
可以留下一首诗，一座朝天拱门
更有朝圣般的词

我们兜兜转转，已经半生
好友说累，与我辞别，剩下明月
高悬于张家界上空
陈子昂在窗口叹气，说千年万年
不如把悲欢倾泻在此处

郭辉的作品

金鞭溪

伟大的王,长鞭一甩,就把天下的奇山,赶到了一处。

然后掷鞭成溪。

大气魄的传说,只有种在这里,才能成活。

金鞭溪,就这样种下了,活看了,把神话中金子般的光芒,镌刻在这里了。

自西往东,蜿蜒而行。

有时是那么平静,敞开胸怀,微抿笑意,搂着两岸青山翠生生的影子,稍稍踮起脚尖,怡然自得地流淌。

有时却彰显出放荡不羁的野性,话脱脱像一群山野的女子,一路哼唱着脆亮的山歌,在溪石上跳来跳去,溅玉飞银。

更多的时候,只是随性地,一步一步地,往低处走,往更低处走,往远处走,往更远处走,仿佛从来就没有目的。

没有目的,才是最大的目的!

以水灵灵的本性，在力所能及的地方，亲吻每一粒土，每一粒沙子，润泽每一棵草，每一片叶，每一朵花卉。还给岩石，山体，和循环往复的四个季节，注入血液，注入活力，注入生机。

一道绝无仅有的风景，鞭辟得神话，更具有真实度，更加可信。

大美无虚！

西村的作品

入宿辽竹坪

染上它的绿了,因为拈花惹草
因为湘西水牛,慢悠悠的
驮着我的诗句,我就不想走了
我要住下,在这穷得叮当响的
乌有之村,住上一宿
这里的青钱柳茶叶,恰好
将我的血压,从城里的高楼
降成辽竹坪的平地
也让我多余的脂肪,给乡村
点一盏灯,去照耀,或是温暖
寒冬里,赤脚上学的孩子

宁静的夜晚和我交换汉字
我却用汉字去买来青钱柳

去给乡村交换爱心、童心和善心
交换出来的人民币,给老乡摘帽
摘掉贫困、哀叹和愁绪

而黎明,我开始在这里疗伤
因为写诗,我浑身上下,已是满目疮痍
我要用人间烟火,当一剂消毒液
反反复复擦洗,然后找回村里的
祝福与叮咛,当作纱布,去遮风挡雨
抑或当创可贴,去除暴安良、劫富济贫

我还要用这两张,被都市雾霾
压抑太久的肺叶,在这里交换远方
交换负氧离子和诗句,有了这么多的
氨基酸亲戚,这么多的无污染,无公害
无转基因的帮扶卡片,我的诗歌
也要和这里的乡亲们并排坐一起
帮扶成青山或绿水,抑或一块
原始森林植被,去覆盖高山与湖泊

最后,我想用淳朴的民风
替我的诗歌减肥,蒙恩在辽竹坪
我更要借用夜里的地理与气候
细心去帮扶粮食、蔬菜和水果,让它们
载着乡村鹅黄的梦,勇敢走出山外

秦风的作品

张家界,在大浪滔天的峰峦之上挺立

在千年之下　在万年之上
在苦难的最初　大海的最深
你冲破时间的速度和空间的界限
所有浩瀚的力量都跃出水面
都在一瞬间喷发　燃烧
排山倒海的脚步征服了所有的江河

滔天的巨浪点燃千万堆熊熊燃烧的岩石
汹涌澎湃的山峦一浪高过一浪
张开大地血红的翅膀硕大而宽阔地飞翔
最古老的种族蔓延成一片横亘突兀的峰峦

千峰耸立　万柱林立　绝壁上冲天的怒吼
燃烧的烈焰　青铜的胸膛　赤铁的臂膀

金属的表情和个性　锋利无比
一万年渗血的眺望　高高地站在峭壁上
漫山遍野的血上升为一面嘹亮而招展的旗
风浪无数次锤打的岩石
溅起沉默的火星和浩荡的血
像一场刚刚结束的
波澜壮阔的决斗　搏杀与战争
最后的残垣断壁是胜利的器械与尊严
一个光芒四射民族　一直刀剑教站立着

在层层叠叠山峰的褶皱里
在水的褶皱　火的褶皱　土的褶皱里
掩埋着历史越积越深的冲突和痛苦
山峰　刀锋般的注目与逼视
一一剖开一个个朝拜的胸膛
荡气回肠的澧水漫过千年沉没的内心
奔向湘楚大地辽阔的幸福

你的心底装满思想的水和苦难的岩浆
哽咽在身体内部的泪水
像溶洞里的钟乳石
积淀着一个种族永垂不朽的化石
大海的内心　山峰的内心　青铜的内心
层层叠叠的火焰　刀山火海般的欲望
铸成一尊尊九足方鼎的性格

时间　伸出数万支血色苍茫的手指
站在群山之巅　叩问上苍

攀升吧　再攀升吧　像大浪滔天那样攀升
你在山水之间的升降与落差中
向上攀升成为山峰的高度
我看见你刀砍斧劈的高度下面
是一片泪眼纵横的沧海桑田

奔腾吧　再奔腾吧　像大浪滔天那样奔腾
你博大的内心　有着怎样沉默的深度
每一座山脉的胸膛里都堆满锋利的石头
每一块石头都是一滴坚韧的沧浪之水
喧嚣着身体内部亿万年声声不息的奔腾

招展吧　再招展吧　像大浪滔天那样招展
喷涌的血　燃烧的血　飞翔的血
铸就一个姓氏和种族青铜的内心和皮肤
烙印成一个民族五千年不变的底色
招展着山峰之上的山峰　高度之上的高度
那最耀眼的注视和尊严

挺立吧　再挺立吧　像大浪滔天那样挺立
光芒之上的光芒　尊严之上的尊严
沧海把桑田举过头顶　桑田把山川举过头顶

山川把张家界高高地举过头顶
让金灿灿的皮肤和沸腾的血液在太阳底下
最先最傲昂地挺立或行走

李云的作品

刀子　锤子　胡子
——纪念贺龙元帅诞辰 123 周年

两把菜刀
只身闹革命
威震泱泱中华

家乡古老的土地上
从此就有了
崇拜英雄的人家

在我儿时记忆里
菜刀闪闪
不再只是书本上的描画

有了您
就能创造传奇的神话

一把锤子
与镰刀交织
党旗鲜艳成霞

在她的感召指引下
从此就有了
视死如归的戎马生涯

在我青春脑海里
军旗飘飘
不再只是混战中的军阀

有了您
南昌城楼上才有了胜利的喊话

一绺胡子
和烟斗跳舞
身影伟岸高大

共和国的将帅里
从此就有了
体育强国的谋划

有了您
武陵源里才有了三千零一峰的佳话

李爱文的作品

张家界,你诱惑了我

张家界
你用一首幽雅绵长的歌
一幅蕴含万千丘壑的长卷
诱惑了我
我来了,忘了矜持
赤裸裸的仰慕
天门映澧水,诗画听船说
桨声灯影里,清风绿浪间
曼妙的你
宛如涓涓的静女
说不出的温柔,道不出的瑰丽
你微微一笑,我已为你倾倒

你用三千青峰玉指

描绘出鬼神皆惊的图画

那缥缈的云是你天然的簪花

那八百里秀水是你的妆镜

每一笔浓墨重彩,都在这里鲜活

温文尔雅的十里画廊

群峰对视的索溪峪

泉鸣春夏秋冬

用她清越优雅的音符呼唤着我

寿星老人的微笑与问候

让人有了回家的感觉

栩栩如生的众仙拜观音

让人不自觉的双手合十膜拜

惊叹采药老人的陶然身影

嫉妒那只观天的锦鼠

更为你猛虎啸天的傲然而心怀激动

那一幅幅画啊

簇拥着顶天楼

你用层层叠叠的画面

彰显着你的雅

妩媚的金鞭溪

有神鹰的保护

金鞭溪妖娆地穿行在峰峦幽谷间

用她明净娇羞的容颜
魅惑着天地万物
感动了观音，醉倒了罗汉
连猪八戒也要背上媳妇去看看你
看看你的妩媚

张家界啊
你是天的宠儿，地之骄子
你用博大的胸怀展示天的惠赠，地之蕴藏
你用绵绵不绝的诗情吟哦着你的美丽与神奇
你怀抱着世间的神话与天缘
接纳了中外游客
你用山水孕育了千千万万的儿女
让他们知书达理，自强，自信，自立
让他们成就了心中的梦想
共同筑就了中国梦
张家界啊
你是如此的豁达明媚
你是如此的典雅芬芳
教我怎能不迷恋

大致的作品

我在张家界山顶为你把风……

进去吧,我来在
张家界的门口给你把风
等你惊讶造物主负气
在这里开凿一些惊叹号
仿佛光阴嫁人了,沧桑走了许久
立成石块的模样
一种神奇在召唤
壮观得让人觉得自我好小
……
夕阳没有嫁妆那就借几个山头拿去
朝霞没有伴郎看哪座峰顶腰身俊朗
一旁,挺立个千年万年

现在有时间了让季节坐下来聊聊
花草树木的颜色可以穿越时空的猎人
吸引凤凰麒麟穿上金黄色
在环绕的梦想国度里
山上山下的道路中
捕捉一双一双痴迷的眼睛
他们为谁奔跑
不虚幻的现场可以看到实物奇景
……

好吧,好吧
我边走,边停,边看
找一些寂寞的文字
打发一下山底的清泉
和山竹苍松手拉着手屏住呼吸
听蜻蜓点水的声音

或虚设一些陌路
自己扮作掌管芬芳的人
经由此地让茶树开出馨香的花
或顺带搅拌一些云雾
兼职把天庭最秘密的梦幻
撒成大海波浪翻滚的样子
把小桥,流水,山寨,角骨
挪到故事堆里

就让赞美的形容词在眼前汹涌
……

山势苍莽，没有黑白脸，也不用担心
层峦叠嶂被你看久了
宁静的山色向你索要人生的甘苦

李水荷的作品

走近苏木绰

在被大山抱着的石堰坪
我仰望一棵老树
她就像一把遮天的大伞
就像呵护着我童年的爸爸

可爸爸说
这只是老树的今天

我问
她的昨天是不是天上的云
爸爸目光向下
头垂得很深
一言不发
任凭我一问再问

我明白啦
她的昨天
一定就是深埋在土里的
根

你是不是也明白了呀
如果时光也是一棵大树
苏木绰
就是土家人的魂
土家人的
根

空蓝蓝的作品

长长的茅岩河

那一天,没有下雨
我们坐船吹着风,冬天很冷
风吹扬着心中浓浓的诗意
它悠悠穿过茅岩河的上空

如冬天里绽放的梅花
我们在冷里挺起身躯
转过重重山,转过重重水
水打开山门,打开自然的家

水荡开涟漪
风鼓起绸衣
两面青山如画廊
悠悠又长长

爷爷奶奶熟悉的河流
它的崖壁起了皱纹
但它依然挺立
挺立着保护体内安静的沙石

很多东西经过河流转到别人手里
很多东西经过河流转到自己手上
茅岩河温柔优雅的双臂
轻轻护送每一个疲惫的忧伤

我们接近美丽的村庄
我看见有一只船泊在岸边
有一个可爱的姑娘
在里边唱起自由的山歌

山歌飘到心湖旁
湖边小伙站起身
他挺起胸膛,也唱起自由的山歌
清澈的心湖水,清澈的梦幻

清澈的梦幻里,有芬芳的野玫瑰
姑娘姑娘快到心湖来
来了就不后悔
来了心湖似莲开

姑娘羞答答
划着小船唱着歌
朝着心湖走
朝着心湖走

波浪一程程
心湖走进姑娘的心
心湖牵引姑娘的目光
大地献出了清澈的爱

曹文瑛的作品

家住张家界

在大自然的怀抱中,
有一片连绵的群山。
山上有御笔峰,天门洞,乾坤柱,夫妻岩,
有采药老人,有神龟问天,有千里相会……
山中有大峡谷,天下第一桥,仙女散花,一步登天……
山下有金鞭溪,神堂湾,乌龙寨,十里画廊……
这就是神奇的张家界——
是生我养我的地方!

我们"毕兹卡"在武陵源世代传承,
从列祖列宗"聂梯"繁衍至今。
从祖父"爬普"、祖母"阿妈",
到父亲"化阿巴"、母亲"化阿捏"。
从儿子"闭"、孙子"惹",

一直延续到重孙"嘎惹"……
丈夫"诺巴"继承着父辈的勤劳,
妻子"洛嘎妮"操持着温馨的家。

张家界是我的家乡,
我不知道张家界的前世,
我却知道张家界的今生。
我们勤劳勇敢,我们坚韧不拔,
我们热情奔放,我们向往和平。
人都说张家界山好,
人都说张家界水好,
人都说张家界——人更好!

美丽的张家界啊,
你是我可爱的家乡,
是神仙都喜爱的地方。
如梦如幻的张家界啊,
你有无与伦比的风光。
这一座座神山,
这一弯弯碧水,
让全世界——
为你痴迷,为你沉醉,
为你喝彩,为你向往!

姜利威的作品

诗画里的张家界,在现实的绿水青山里诗意铺展

一

走进张家界,仿佛一次世外桃源般的误入
却又成了一生一世刻骨铭心的记忆
一朵朵荷花,绽放着你的超凡脱俗与一尘不染
顺着几声清脆的鸟鸣,和几缕洁净的清风
我找到了自己内心的皈依

一座座青山,一条条绿水
隐藏着你迷人的密钥,如同一株株无毒的罂粟花
让我痴迷和上瘾,我不再虚伪地矜持
却要热烈而疯狂地释放

大山高耸,伫立着一个地域的风骨
碧水缠绕,漫溢着一个地域的柔情

是啊，人生四十多，行程两万里
我终于找到这诗情画意的本体和喻体

二
身临其境，我才发现
任何的形容词，都显得苍白无力
与你立体的鲜活的山水鸟鸣相比
这些平面的存在，本身就是苍白的
就是一阵清风，一缕月光
都比这些单薄的词语，更加丰富真切

如洪的绿色，如飞瀑一般倾泻而下
淹没无数的目光，更醉了无数的心灵
绿色，是汹涌澎湃的浪涛
浸润成一个地域最健康最唯美的底色

在张家界，画家和诗人
都是你最忠实的"粉丝"
真的，一睁眼，就会有画卷入目
一闭眼，就会有诗风词韵荡漾

三
绿水青山，是一幅画卷
更是一种发展态度和理念
还可以是一座城的诗画封面

在张家界,似乎一朵普普通通的荷花
都是从古诗词里移植出来的古典意象
扎根在尘世的欲望淤泥里
却能这样出淤泥而不染的洁净
张家界啊,有着荷花的本质与魅力

舀一瓢你澄澈的澧水
如同舀起一杯烈酒,对酒当歌
我在你的诗情画意里,与你的繁华对饮
同你的美丽对酌,张家界啊
我们不醉不归

四

如今,蘸着你古典的风景
我写下这些诗意的词句,新时代新发展
张家界的美,可以在一首首唐诗里解读
可以在一阕阕宋词里吟哦
是的,高楼大厦是风景
绿水青山更是风景

诗画的张家界,以一幅画一首诗的形式
在这9653平方公里的大地上诗意的铺展
将梦想中的蓝图,一点点地转变成她的钟灵毓秀
古典的唐诗宋词,穿越千百年的时光悠悠而来

在张家界,他们终于找到自己的归处
就算是一声声的高山流水清风鸟鸣
都是这张家界最诗意的吟哦

五

就着你的绿水青山,就着你的清风明月
我一杯杯地畅饮着你诗画的美酒
痴迷流连于其中,我是你的一只飞舞的蜂蝶
更是你徘徊的一缕轻风

我在张家界放下任何的欲望
将一颗心放置于你的静谧与澄澈里
透过这诗意的山水,我分明看见一处处不一样的风景
是啊,在张家界,若要醉人
真的无须用酒

罗鹿鸣的作品

张家界组歌（组诗）

峰林如戟

峰林如戟，扎向
层出不穷的眼睛
和蜂拥而至的惊喜

天空麻木而空洞
却因张牙舞爪的锋芒
光彩顿生

天空喊疼
碧蓝的面孔
留下一道奇美的抓痕

峰林的腿扎向大地
诚实的土壤
长出正直的森林

峰林的思想向着蓝天生长
一群撞向天空的金刚
奋不顾身

不知是否发出了回音
如果有回音发生
怎么福报至今也没有返回

武陵山脉的灵魂
在天子山顶沉沦
苦寻的云海已杳无音讯

走向武陵源

第一次走向你
我是新郎，三千峰相迎
新娘，与水八百相嬉
夫妻树下，千里相会
金鞭溪淌着蜜月的爱意
腰子寨，给祝福摸顶
天子山上，封后我的爱妃
以十里画廊相赠

牵手步入婚姻的天门
从此,黄狮黄龙
驰骋八荒,纵横天地

此后,我一次次走向你
一次比一次感到陌生
放大的盆景里没有了禅意
缩小的仙境有太浓的烟火味
仙女献花不再是为了爱情
御笔之下尽是权杖与黄金
当年的新郎已变成了老花眼
亭亭玉立的新娘
长出了片页岩一样的纹理

爱情逐渐衰老成一只苍鹰
居高临下笋一般的峰林
每一次俯冲与爬升
都衰变成大地的一块黑影
而你,依然葆有年轻
节节攀升的颜值
只是多了一点世故的成分

但我还将走向你
走向你今天的云海松岚
走向你泥盆纪的谜底

直到有一天
你，打开全部的内心
我，走进所有的幸福
与光明

梦寐浔龙河

把最好的房子留给谁
不是留给富豪
不是留给权贵
不是留给利禄功名
而是要像浔龙河
将最好的殿堂留给孩子
将梦想留给五颜六色
将童话留给房前屋后
将安全留给稚嫩的童心
将尊严留给美丽乡村

田园之上莺歌燕舞
山水之中李白桃红
蓝天白云之下繁花常开
稻香村里炊烟变得安宁
这一切的一切
都是孩子们的雨露阳光
是柳林里的新凤雏音

是西方的乌托邦
在浔龙河的高歌猛进

浔龙遇雨

此刻,雨有点大,有点急
全没有浔龙河、金井河的从容
过度的热情,烫起满河水泡
也烫伤看景人的一双眼睛

今天是农历五月十八
这个龙们别后重逢的日子
山龙与水龙在果园镇嬉戏
也将文人墨客的衣衫淋湿
山的端庄,水的安静
祥和的烟雨,荷塘万种风情

麦咭长廊正虚席待坐
像一双筷子在等待主人
雨幕里老厂上演昔日的辉煌
田汉的故居将尊严找回
雨的踢踏舞节奏狂劲
为我们送了一程又一程
除了把热乎乎的乡愁留下
带走所有湿乎乎的风景

海边边的作品

在张家界的地界上行走

1

在张家界的地界上行走
心怀自然,以及把自然形态
握在手心里,便坦然了的事实

还须突出山的高矮,水的柔软
突出走上一节,风的效应带来古色古香的
视觉。高山之间必有一条峡谷
可供穿越,前朝的史记又一次长出新绿

2

溪水也是新的。像我们的新
一经走出来,便一脚踩在古道上
一辆旧时的马车,鲜活了武陵山的腹部
水流不止,水流戛然而止

3
不曾怀疑真实的历史
都是一座座高山,堆积起来后
被某个片段挖掘,填埋
接着从高处扔下几缕风声,让我们
一路走来,并一一拾捡

4
在张家界国家森林公园
我们卸下风声,流水与鸟鸣
卸下所有的疲惫,集欲望于
阶梯之上

没有什么山,比天空还要高
历史铸就的一片天空,一些人
和事,高高地悬挂在我们的头顶上
唯有爬上去,才可以释怀

5
从这里出发,源于我们对高度的理解
山的垂怜,进而折射出
"高于生活,低于生活"的论调
接着平稳地落地生根。此时
我的身心快要飞起来

6

360阶台阶。无疑是离天空最近的距离
像我们每一天的生活,艰难的,快意的
从不会摘取一片云朵,占为己有

7

在张家界,海市蜃楼一个
被具象化的载体,与你的想象
巧妙地碰撞出的火苗
她的燃烧是立体的
由树木,砂石,流水
构筑的屋顶
无一例外让我们喊出生活的源泉

8

有人从意境中走出来
必然高出云雾
高出我们的视觉
那些清晰而迷糊的身影
所谓仙境,人间
且都是我们架构出的一座桥梁
在有形与无形之间
深入浅出的道理

卢艳艳的作品

让诗句破门而出

让大峡谷的心胸再宽广一点
使水流在玻璃桥下
慢一点出走
让天子山的云海如所望之事
不断涌向天空。让蓝色之梦
带来永远向上的孤独,和律动

让澧水和溇水再曲折一点
把最后的澎湃
留给洞庭湖。让娃娃鱼盛装亮相
在水中披上,缤纷多彩的落英
让银杏在两岸画出黄金屋宇
草木与飞鸟都住于其中

让十里画廊，被纵横之路连接
让峭壁卧成平滩
让遗失的碎银重新铺满金鞭溪
让一个人活成一棵树
在风中一边摇曳
一边丢失枯萎的记忆

让夜雨快点停止，让早起的人们
在大观台看到日出。让雾霭似散非散
林立的峰林和遥远的爱人啊
都一样令我意乱神迷
让百龙天梯运转得再快一点
减轻一些，人们的焦急等待

让仙人桥上的人都有飘飘欲仙之感
在云缭雾绕中，我一边走
一边丢掉心头的碎石和枯枝
让我像一滴水在水绕四门的山谷盆地里
盘绕汇流。让田园搬到空中
一瞬间，让我忘了自己身处人间

让天门山盛大的阳光，经过云朵
悬浮在玻璃栈道上
让凤凰古镇的黄昏载着我们缓缓行走
让灯火照亮黑洞

在写下一首诗的时间里
让肉体打坐,让诗句破门而出

孔如冰的作品

我们和山水相约

我们和山水相约迈步
春天在我们心里发芽蓬勃

我们和山水相约迈步
梦想在飞鸟的翅膀上轻轻滑过

我们和山水相约迈步
用激情燃烧的岁月行走春夏秋冬的诗歌

我们和山水相约迈步
用脚印清晰的词语抒写最美好的生活

我们是大地母亲的儿女
在你苍翠的怀抱里唱着豪迈的歌

我是你放飞的小鸟

自由地飞翔在山川旷野湖泊

我是你阳光下美丽的笑脸

一张张盛开在原野的花朵

我是你脚下的蚂蚁

用毕生的精力也走不完你情感的辽阔

我是一棵行走的树

因为不甘寂寞

我想追随梦的方向

从喧嚣的城市走进心灵的故乡

我是一棵想要倾诉的树

因为心中有爱

要去寻找逝去的时光

我们用绿色的手语传递着心中的渴望

我是一棵播种希望的树

风一吹我的种子散落四方

我由一棵树

长成了一片森林

是春天的阳光把我们带进这片桃林

走进边岩的桃林

就如同走进"桃之夭夭"的诗经

走进了"人面桃花相映红"的意境

桃花，你不是很年轻
从恣意伸展纵横交错的枝杈上
我读出了你饱经风霜的年轮

你粉红轻衣，娇羞柔润
春风吹来你涨红的脸庞
点亮了一个新春

还有谁比你更幸福
你泄露的心事不经意就跃上枝头
化作春天最动人的情语
世界不因你而存在，我却因你而改变
还在等待什么？
这个春天，静立在那儿
红石林是岁月宽阔的肩
爬满青春的藤
微笑，在凝固的瞬间里，蔓延着绿色的心事
千年的沉睡，我仿佛听见红石林跳动的脉搏

醒来的日子，是谁在你的身后
探出一张张清秀的脸，笑意阑珊

走进春天的百猴谷
春风吹动着我的长发，撩起我的裙袂

让我在风中起舞,与花儿细语
听树叶唱歌

山林慷慨地捧出它的山珍
红红的三月泡,让我回味童年的趣事
白白的山茶泡,让我品尝着岁月的蹉跎
小小的樱桃,小小的爱恋
恰似手心里的温柔

山谷的野花开得朴实而美丽
摘下那一朵捧在胸前
把不曾说出的秘密
说给这些红的白的紫的黄的花儿们听
让花蕊浸满心灵的足迹,与花同醉

杨拓夫的作品

我在张家界等你

若你知道我何时化为这方山水
你一定来得早一些
等你,用了坐姿,站姿,睡姿
用了白云,飞鸟与圣泉
你是谁,我并不知情
只是等你
等你今天的潮水
等你潮水般的来,又潮水
一样退去
我是女娲补天后遗忘的孩子
补天归来,再无用武之地
无事可做、也无处可去
唯一可做的就是等你
白天,等到几缕山岚

几声鸟语

午夜，等到弦月

等到孤星残唱

等你在北纬三十度

等出一身怪异，一身特技

等出一身金银铜铁锡

谁也无法代替

等，是我的专利

我的资本是坚不可摧

与拔地而起

而内心是柔软的

开出来是杜鹃花，金银花

血液是清纯的

流出来是甜水

是空谷幽兰上的露珠

是最幸福的泪

我不分昼夜

抱着乾坤等你

你就是那千里迢迢

来吻我的人

徐正龙的作品

张家界

盘山路
似蜿蜒的河
我成了鱼
在逆流而上

天门洞的云雾
是会飞的海
倒影中
有山也有我
黄龙
神游云海
不见首也不见尾
空闻嬉戏声

金鞭溪语
淹没了
松涛和
阵阵蝉鸣
细雨中
猿啼
如迷路的孩子
或母亲的召唤

猿啼蝉鸣
涛声溪语
在风中
紧紧相拥
弥漫回荡
汇成最美的音符
装点山的美梦
云的寂寞

忘记了
因何而来

不去想
要去何方

只想在此
与山水共对
把世界遗忘

杜铁军的作品

以一座城市的名义

我无数次提醒自己
你是我脐带的源头,是我旅途的休止符
也将是我生命的磁场与归宿
梦断 27 年前那暴雨滂沱的七月
从无奈的牵手到执着的坚守
我同你不离不弃,相偎相依
触摸到你的每一寸肌肤
你的每一个脚印里都沉淀着我的一段记忆、一份承诺
一篇永不断句的韵章

在这里,曾有柴烟熏黑的木屋草房
有父辈们刀砍火种的忧伤
有古庸城斑驳陆离的记忆
有南门口散落的唱腔

在这里，飘荡过俊峰秀林的呼唤
流传着天门转动的期盼
也刻印着瘦骨嶙峋的希望
在这里，激昂的硪声
澎湃着卸掉贫困的勇气
奔腾着化茧成蝶的生动梦想

你以30年最好的青春疾走
从强基固步到厚积薄发
从深闺待嫁到享誉中外
从成立到兴盛再到强壮，伴着苦和累
渗透笑与泪
一路筚路蓝缕，一路开拓崛起
每一步，都聆听到昂首阔步的强劲脉搏
见证了你闪耀在锦绣潇湘中壮丽的旅游瑰宝
匍匐在你九千六百多平方公里的胸膛上
每一天，都感受到170多万儿女与一座新城共振的心跳

30年风雨如磐，30年大刀阔斧，30年铸就辉煌
那是一条诗情画意的创新之路
那是一曲伟岸豪迈的奋进之歌
你用"三星拱月，全域旅游"吹响脱贫攻坚的冲锋号角
你把"对标提质，旅游强市"作为"旅游胜地""全面小康"的猎猎旗帜
我看到了你山清水秀、天朗地净的魅力

让 7000 万游客流连忘返、由衷赞叹
幸福润泽心底，阳光洒在脸上
那是蓝天白云下、鸟语花香间洋溢在你每一个角落的
文明、整洁、公平、活力、包容、温暖

三千根铮铮峰骨为证
八百条柔柔丽水为证
你不仅具有相映成趣、妩媚动人的山水
也有这块神奇土地上一脉相承的
香樟般鲜活的思想和鸽子花一样高尚的心灵
那是溇澧两岸滋养的生生不息的
敬业奉献、孝亲爱友、助人为乐、见义勇为的张家界灵魂

等你，不仅备齐了山水的盛宴、绝美的风景
等你，不仅用航空、高铁、高速、高架桥与磁悬浮的立体
而且用美丽的传说、厚重的历史、多彩的民俗
还有英雄的故土、红色的记忆、深沉豁达的情怀
擦亮"国际张"的名片，以一座城市的名义，等你

安琪的作品

重回张家界（选）

重回张家界——给刘晓平

我又带着 12 月来到张家界
12 月的冷被挡在天蓝色羽绒服外
12 月的你短发僵硬，根根直竖，依然保持着
黑的形状
微笑的形状

一双手，从 1999 年伸过来
握住了，2017 年伸过去的，我的手

话语奔挤却只涌出两字
"你好"
你好，张家界
"唯有张家界统领雄奇之篇章"

写下此句
一个青年转眼来到中年

造就张家界地貌需要几亿年
造就人类的生老病死只需几十年

我们
站在时间前面相约用诗
用文字，稍稍击打一下
时间的傲慢。

张家界学院——给刘年
昨夜
我奇怪地重返张家界学院
在黄永玉题写的校门前留影，听到
张执浩说
这校门不像校门，倒像一个景点入口
我守着操场上巨大的电子显示屏
看见一个个诗人在那里轮番出场
他们
或蹲坐于油菜花金黄笑靥中
或站立在油漆剥落的古旧木门前
或欢笑
或沉思
只有一人寂然骑乘一匹黑褐老马

马蹄下青绿草原刚刚接受晨露的恩泽
朝阳中的每一次摇摆,都像一句呼唤:
行吟者
请加快你归乡的脚步,有一所
壮丽风景中的新学校已经建成
一方安静的讲台,已为你布好

卓子的作品

醉美张家界,我的故乡

天门都愿意为我们打开,让我们看天堂与神仙
天子都愿意为我们巡山,守护我们土家与苗家
天池都愿意为我们辉映日月,让板板龙腾飞龙潭
这里是张家界
醉美张家界,我的故乡我一辈子的爱恋

白云都愿意为你擦汗,亿万年衣袂飘飘与你相伴
澧水都愿意为你洗脚,亿万年孜孜不倦……
慈姑,此刻凝望着自己在天池中绝美的容颜
——除了慈悲,还有谁能把它映照得如此惊艳
慈悲利他,是谓慈利;慈姑,实为观音
这里是张家界慈利
醉美慈利,我心爱的姑娘就在这里把我召唤

桑田我不爱你，怎会傻傻把你养得绿油油肥肥的
瑞塔我不爱你，怎会常常把你打扫得干干净净圣洁无比
娄江我不爱你，怎会看到窗外的明月就想起了你
桑植我不爱你，怎会静静在他乡想起沧海与桑田
有田就要种，有桑就要植；衣食足，天下平……
这里是张家界桑植
醉美桑植，我们勤劳憨实的兄弟在这里肩负着蓝天

我爱你，是因为我在那里出生成长，是你养育了我
我爱你，是因为在灯红酒绿摇曳里，闻到乡村的美
我爱你，是因为在漂泊的岁月中渴望一份宁静
我爱你，是因为向北的车票中，有我宿命的归程

醉美张家界，我的故乡
我不爱你，我拿什么来抗击灵魂上的孤独疲倦
我不爱你，我拿什么与世人说起我的家乡魅力无边
我不爱你，我怎能不爱你？
人在江湖不论身处天涯海角不论人生潦倒与得意
我们与家，就像血与脉，枝与根
流淌抑或延伸到天边，回首依旧灯火阑珊

天门中开，我们朝拜九百九十九步上了南天
天子开战，我们绕峰九百九十九座来到神堂
天池辉映，我们穿过九百九十九里一线天来看龙潭
白云还在上青山为慈姑擦汗，衣袂飘飘

澧水越过石马日夜为孙九大人洗尘
提督辛苦啦,是你保护好了我们的台湾

贺胡子顺溇江而下,娶了慈利蹇家姑娘
红旗迎风,猎猎作响;万年溪口千年樟放金光
毛菩萨挑蜜蜂上山,智取四十八寨土匪
宋敕菩萨,居庙堂之高;广福桥上卖蜂糖
李自成登五雷一望,云朝金坪,星居德宫
匪心顿失,解兵匿夹山,不违天道

醉美张家界,醉美武陵源
这里最美的不仅仅是张家
还有李家王家卓家向家唐家很大的一家……
这里是土家族的领地,有文化,有风景,有人情
这里是我们的故乡,有童年,有少年,有一辈子的爱恋
醉美张家界,我的故乡,我不能不爱你
我们一起走向更美好的明天

宁雪初的作品

张家界礼赞

你把名字,贴在闪亮的中国名片上
你把旗帜,插在世界的地图上
啊,张家界
多么诱人的名字
多么神奇的土地
我要,我要
我要高声地赞美你
赞美你,山川秀色绿无瑕
赞美你,三千奇峰笼烟纱
赞美你,八百秀水照云霞

这赞美,从校园中走来
这赞美,从歌声中走来
这赞美,从诗词赋篇中走来

校园琅琅书声中
赞颂你的词语美如花
歌谱跳动的音符里
歌唱你的旋律绽奇葩
诗词赋篇的平仄里
吟咏你的韵律如此佳

一次次地徘徊徜徉
一回回地眷顾流连
总能捕捉到新的亮点
总能激荡起心底的涟漪
银燕穿天门之洞,有惊无险
仙蝠飘万丈高空,动魄动弦
缆车凌空,乐看云舒云卷
宝峰湖畔,每羡白鹤悠然
黄龙洞府,惊钟乳悬亿兆之年
金鞭溪边,索句品蕺葭芝兰
……

荷花机场上
常邂逅不同肤色地笑靥
百龙天梯里
总装满各种方言的谈论
写不尽啊
你峰之骨

赞不完啊
你山之魂

伍岳的作品

心湖

石头有灵性,能够说服一滴水
不需要三千尺的飞瀑
也曾经拒绝激烈地奔腾
我只愿用尽我的一生
站在你的面前,以千万滴水的姿态
站成一颗心的形状

草木的生长年轮早已模糊
在时间的流逝中
总有无可替代的记忆
每一天的日子都在结果
水的涨落有限
那一湾蓝里蕴含天空的颜色

繁杂的尘世中，遇见一片湖水的静谧
落花、虫鸟、花草都有停留之势
将身体沉入，类似于洁净的灵魂洗礼
晨风拂过，吹皱梦中的舒缓
一只蜻蜓会点下别人的一生
蝉在不远处准备争鸣

土地不会说话，耕地上犁开的鲜红土壤
心湖的左心房血脉起伏
哺育着一代又一代土地的守望者
云影不断变幻，雨水里有草木根须的味道
一串辣椒呈现饱满的光泽
低洼处蓄满了水纹

岸边泥沙松软，每一块石头都被打磨得无比圆润
在岁月更迭之前，在栉风沐雨之后
有多少故事，可以从石头里面开始讲述
假如我能够前来，我会挑一块不大的石头
我离开时，好让心湖少的那一段故事
不至于太长

洪小薇的作品

天门山

仰望一座山,生出翅膀
拔地依天的山
敞开心门

流云飞雾,让她蒙上神秘的面纱
绝壁上,藤蔓缠绕
与古树,相依为命

云海中,一条巨龙
盘踞在山腰
孤峰高耸,傲视凡尘

山中,洞中有洞
洞上有洞,泉水流淌
溢出奇妙的音乐

优美的天际线
生出双龙瀑布
两股泉水,一清一浊
昭示着奇美

高空,七级奔泻的瀑布
如游龙攀山

雨水,岩溶水,梅花雨
形成神瀑
让城市万人空巷
争睹奇观

杜鹃花,秋牡丹,红豆杉,龙虾花点缀
清风十里,花香鸟语

天门山索道
让游客脚生莲花
飞入仙界

离天最近
太阳,难掩光芒
总在第一时间
撩醒沉睡的高山

林琳的作品

和美丽相约

又一个诗意的深秋
我来到张家界
在神往已久的金鞭溪畔
和美丽相约

律动的溪流
给山林注入活力的血液
溪水哼着小曲
欢乐了两岸起伏的山岳

当晨雾披纱
隐隐的山林重重叠叠
清风舞动着
片片交错的繁枝茂叶

霞光洒落叶隙
浪花在溪流中奔腾跳跃
如溅玉飞银
辉映着山涧溪流的狂野

清纯剔透的溪水
漂浮着片片火红的枫叶
蜿蜒着武陵源的美艳
一路向东奔流不歇

哦,万物也有灵性
红叶似乎也爱诗的浪漫
在我的裙裾上驻足流连
倒映在清透的水面
仙气袅袅飘逸如蝶

我捧起红叶细细端详
脉络晶莹斑斓如霞
它是大自然雕琢的艺术精品
是张家界馈赠我的珍贵礼物
我将它夹在诗集的扉页
与金鞭溪的美丽深情道别

俄罗斯文化纪行（组诗）

绿的永恒

——托尔斯泰庄园故居

经历百多年的风雨　这片绿
依然郁郁苍苍　生机盎然
与骄阳星辰同呼吸
迎接一批又一批拜谒者
不远万里送来哀悼和思念

这里是亚斯纳亚庄园
大文豪托尔斯泰的故居
380公顷的森林湖泊和土地
伴随托翁书写大半生
亦让他在这片翠绿中长眠

我走访他心爱的苹果园
寻找他与农民劳作的笑颜
浮萍轻荡的静穆池塘边
他垂钓沉思的模样仿佛闪现

白桦林深处掩映着木屋故居
阳光为绿顶白墙披上金黄
我在廊下留下珍贵的定格
简朴的书桌前想象他执笔经典

从军生涯亲历战争的残酷
他写出惊世巨作《战争与和平》
《安娜卡列尼娜》和《复活》
数十年在他绿色的庄园
寄托着他执着的社会改革信念

然而忧国忧民的他　却无法
让挚爱认同他一生追求的理念
何处才是他心灵的家园？
托翁的生命时钟终于停留在
那个出走高加索的风雪之夜
那个阿斯塔波沃车站

而他的心与灵仍然追寻着
儿时哥哥讲的小绿棒故事
解开小绿棒上写的秘密
世上人类的幸福得以实现

传说小绿棒埋藏在山涧路边
托翁选择在这片草地长眠
一方青青小土丘
没有姓名、雕像与墓志铭
只有阳光、绿林和蓝天
托翁寄望最永恒的绿色

实现其毕生追求的信念
我深深地三鞠躬
把心中最虔诚的敬意奉献

永不陨落的太阳
——致伟大诗人普希金

从西伯利亚吹来的北风中
我听到你书写大海的声音
翻滚的浪涛咆哮着　是你
为暴政愤怒　为自由呐喊

在流放的静谧庄园里
我读到你歌唱爱情的心声
与明月清风相伴　远离独裁
赋予你诗意激情的源泉

文学、爱情和正义
运载你写满传奇色彩的人生
在你创造的文字风景里
醉心于你星空般博大的思想
我领略到你独版的生命宣言

为了诗人的尊严
你举起勇士的利剑
让鲜血的燃烧　映红了天边

凝聚成一个民族崭新的太阳
从没有落幕　始终高悬

彼得夏宫
在夏宫和煦的暖阳里
听苍翠的森林在芬兰湾畔
与波罗的海的浪花　欢奏
一首大自然美妙的情歌

在夏宫炫目的金黄里
看雄伟华丽的宫殿前
萨姆松喷泉群的水光银影
交织一幅如诗的画卷

惊叹于琥珀厅的瑰丽奇观
翻阅曾经的浩劫与沧桑
重温十八世纪艺术的夺目光彩
沉醉那承载美与祥和的绚烂

啊，彼得夏宫令我流连
智慧和心血结晶的景观
一座为世间留下标本的建筑经典
深深吸引　一双神往的黑眼睛

托翁的鹅毛笔属于人民
——献给俄罗斯大文豪托尔斯泰

托翁·托尔斯泰的名字深烙我心
那时我还很幼稚刚迈进校门
即听闻了托翁留下的不朽的经典
《复活》《安娜》《战争与和平》
托翁的鹅毛笔如椽
他不仅仅属于俄罗斯
也属于全世界爱好和平的人民

托翁还是一位教育家、思想家
他为农民有自己的土地奔波
他在自己的庄园兴办学校
为农民的子女也能与时代同行
他不满贵族也反对暴力革命
揭露地主资产阶级的罪恶
宣扬基督教的博爱和自我修身

托翁喜欢庄园的清新宁静
写作之余骑马散步下地农耕
寻找文学的现实灵性
微观的笔描述宏观的社会
托翁的鹅毛笔属于人民
俄罗斯也在世界亮丽鲜明

丰桦的作品

张家界

张而有界。这是花开的香味
触摸朝云的前额
犹如低垂的露珠，掬起
朝阳的神韵
这是翅膀和翅膀交谈
弓弦搭上了箭
这是错落的文字
不甘心命运，转化为诗行
花蕊向着天空触摸
根脉向大地生长

这些拔苗助长的石头
在永生之中，化蝶
这些尽善尽美的溪流

完全以翡翠的镜子作为骨头
水移形换位
景三步一岗,五步一哨
在劈面惊艳之中
云似飞鸿,临流顾影
倾听

火的声音,走了亿万斯年
依旧万马奔腾
聚水成塔,打磨着石英
让这千峰竞秀
肉身成圣

风又能说些什么
春来秋往,那一日不是闪闪发光
一节山水一截句
一草一木堪入梦
酬劳此心,人设如雪
灵性轻轻盈盈
画圆画方,如家温馨

最好的品格,绝非自搭自卖
而是美成禅意
是美出人人心中有
而说不出的境界

何况你神韵回声,浩荡无涯
更阴晴不定,花影莫测
犹如繁星点点
昭示着过客

桃花源上,舟行有渡
天门山外,有凤来仪
看这造化弄巧,百变千劫
凭空结石
犹如霓虹彩羽
神思飞动,若来若去
将万家灯火的人间
悄然凝视

吕传友的作品

牧笛溪,挂在吊脚楼上的梦

刚刚诞生的风
正好穿过
昨天的裤腿
吊脚楼上挂着
一片云
高兴的人
今天能看见
不高兴的人
明天也能看见

吊脚楼边
盛开着石榴花
把它放在心上
里面就能

层层包裹
红星的影子
吊脚楼上挂着的,是
土家的一片织锦
它的影子像
一朵白云
或者像一只鹰

只要春天伸出手
秋天一定能够
稳稳地接住
当唢呐和牛角
流出牧笛溪的高音
整个寨子
正飘向山外
其实啊
吊脚楼上面
轻风迷离彩云
它上面挂着的是
土地与山水
还有土家的梦想

立群的作品

张家界石林

看上去，一副瘦弱的身子
我真担心啊
一阵风吹来，就会把你刮跑
可你
却在悬崖峭壁稳稳立脚
纹丝不动，冷对岁月烟云
神情闪烁自信地微笑

你身无所依
悬空的位置
也不可靠
无数次狂风袭来
暴雨凌辱
雷电肆虐

霜雪严寒煎熬
你却扎根破岩
毫不动摇
身板总是挺拔笔直
头颅总是昂得高高
这其中
蕴含什么奥妙？
原来
是你的骨头中，钙质丰富
是骨头中的钙
把你生命的根基夯牢
你骨头中的钙啊
是百折不移的信念
是坚韧不拨的意志
是奋发向上的方向
是生命追求通往高贵的大道

一根根石柱的集结
一腔腔真情的厮守
一脉脉坚贞的缠绕
一颗颗心灵的拥抱
凝聚成强大的力量
这力量擎天
天不会倒
这力量夯地

地不会摇
这力量注入我们的灵魂
我们就不会
屈服于人世间的任何风暴!

王继安的作品

黄石寨

春风筑篱墙养暖日映清月
流水在高山弹奏流水
云雾为幕布，一切犹半遮半掩
落草为寇啊
让桃花杏花更红一些更粉白一些
俏立枝头
做压寨夫人

那个叫黄石公的人
经过了黄石寨
在雾岚松涛里隐身
在弯弯曲曲的山涧的清波里
浮起
一张历史的老脸

梅山子的作品

张家界走笔（外一首）

在这里，山是恒定的主题
沟壑、崖壁、峰林
从不同角度勾勒、描述、衬托着主题

大自然鬼斧神工
劈、斫、削、锉、刻
匪夷所思般将主题表达得淋漓尽致
若人、若物、若诗、若画，若梦、若神

每天数不清的人来翻阅诵读
读着读着，不由沉浸于其优美的章节中
忘了归程

十里画廊

张家界藏有一幅画
那是一帧镶嵌于天地间的水墨丹青

既像工笔,又像写意
有的是万削斧斫的粗线条
有的是精雕细刻的妙手法
或粗犷、或行云流水

断崖峭壁、密林茂草、幽谷碧溪
似人、似物、似鸟、似兽
有故事、有传说
或动、或静、或动静相宜
四时不同、四季不同、时时迷人

很多人觊觎这幅无价之宝
恨不得据为己有
但它只属于索溪峪,属于这片神奇的土地

雾从远处赶来之前
诗者逶迤而来
翻开卷曲的记忆
一湾清溪、一细幽径、一仞高峰

树散坐着，或高、或低
石头特别安静
当叙述进入某一转折
它就突兀地耸立而起，抛出惊兀

泥土的下面埋着平仄
野花四起，认识的、不认识的
都吐着舌头，露出纯真的笑
鸟鸣天籁，一声、两声润色着起伏与跌宕

露着筋骨的想象
奔驰的海时而舒缓，时而湍急
方舟最后停泊在一个叫张家界的地方
跫进一幅浓淡相宜的画里

戴澧兰的作品

微光

亲爱的孩子们
你们是山间最美丽的百灵鸟
在村风民俗的浸染下
竟个个都会唱阳戏金线吊嗓子的调

亲爱的孩子们
你们是茅溪河畔最有天赋的舞者
武术舞狮舞龙翻八叉
十八般武艺竟样样都会

亲爱的孩子们
你们带给我太多的惊喜
可是当我问你们的理想
为何羞怯地不敢提及

孩子

我看得到你眼中对学习的热爱

背课文背得比谁都快

一定抱着课本很努力吧

孩子

我看得到你眼中对我们这群志愿者的依赖

淋着淅淅沥沥的雨也要来村部学习

孩子

我看得到你眼中对未来的期盼

当我说起外面的世界

我看到你的眼里都是光

让我们来做你们成长路上的微光吧

在跌跌撞撞的成长中

燃起你对这个世界的热爱

勇敢地追寻自己的梦想

奔向你无限可能的未来

你要相信

尽管你的阿爹不在身边

这里的大山就是你最坚强的后盾

你要相信

尽管你的妈妈还在忙于生计

但清澈婉转的茅溪河给予了你无限的想象

我们愿做这一束光
照亮你快乐的童年
陪伴你勇敢成长
点亮你五彩的梦想
儿童之家永远为你敞开
我们一直会在

天涯觅梦的作品

张家界的金鞭岩

究竟要经过多少年的
碰撞，挤压与锤炼
才能拥有这铮铮铁骨
风霜雨雪的剑
一寸寸剥削
愈发峻峭的躯体
矗立于万山之巅
总是喜欢
听一粒一粒的鸟鸣
跌落谷底
当潺潺流水濯清尘垢
白云长出翅膀
我是一位傲视群雄的将军

一节节故事
从远古演绎
那些罪孽深重的日子
在根根发丝编制的金鞭里
从容起来
悲悯与善良的神话
终究坐落成一方石雕
雾霾笼罩的迷茫里
棱角，刺破禁锢枷锁
刀刻的脸庞
是苦难的馈赠

于混沌的尘世中
万人景仰
一位手执金鞭的巨人
振臂苍穹
于善良者
是块丰碑
于邪恶者
是镇妖塔

龙红年的作品

玻璃桥

这是在风中伸出的
年轻的双臂
这是两面青山中传来的
沧桑的呼喊

我佩服那些在空中走步
胜似闲庭吟诗的人
他们悬浮在空中的镇定
一定来自
天子山千万年的信念

一只鸟
在脚底飞来飞去
一朵云,在遥想远处的心事

只有张家界
才会有这么漂亮的旋飞
只有张家界
才有如此飘逸的
诗情画意

第一次坐在山尖之上
第一次和白云平起平坐
第一次
独自接收到星光的秘语

那个惊叫着穿花衣服的女孩
我不怀疑她的胆怯
不怀疑她眼角那一颗
漂亮的珠泪
是张家界,让她终于拥有一份勇气
拥有凌空迈步的
精彩

哦,这么多年
你我总隔着一个深不可测的峡谷
隔着一个沧海抑或桑田
今天,终于惴惴地相向而行
你带着梦中呢喃
我带着满篓秋霜

在玻璃桥上
完成了人生的第一次以天空为背景的
合影

张家界，今晚我离你仅有半分羞涩

暮色里，天子山渐渐淡往深处
三月的葱绿，成为鸟鸣的滑板

宝峰湖中，微波正追逐微波
那是暮光泄露的秘语
一个人的爱意，连绵不绝……

此刻，在张家界，做一颗石头
也会被风吹得柔软、绚烂

远道而来。我想把沧桑交给你
张家界，今晚，我离你仅有半分羞涩

梁冬梅的作品

张家界,爱的摇篮

走进你,走进你美妙的世界
张家界,你从远古走来
是湘鄂渝黔根据地的发源地
澧水河滚动着民族不屈的浪花
红豆杉上有我惊喜的眼眸
洞天门推开通往仙界的大门
让我望到世界的惊奇

坐在空中缆车里俯瞰山川
一幅幅画卷在飞速滚动
我在你的山峰上留下诗的羽毛
一只苍鹰在盘旋着
通天大道似一条巨龙蜿蜒曲折

玻璃栈道是胆量的试金石
发颤的双腿不敢站立
直起的腰杆向懦弱挑战
勇气和无畏扬起风帆
透过玻璃桥惊呼好美
感叹大自然的鬼斧神工
时光冲蚀着大峡谷的魂魄
我在玻璃栈道画着人生的印章

国家森林公园丛林密布
神泉飞瀑飞溅着钻石
掬一捧甘甜的泉水
浇灌心田上莲花的种子
欢声笑语在一草一木上滚动

听，神龟问天，仙女献花，御笔峰，乾坤柱古老的传说
看，电影《阿凡达》、电视剧《乌龙山剿匪记》的外景拍摄基地
剧情一幕幕在眼前浮现
重温《西游记》《捉妖记》的场景
一座座山峰承载远古与现在
山崖上迎客松在弹琵琶
月色阳光吻过你的叶脉
赞许的目光融进你的枝干

娃娃鱼衔着童年的水草在画画
金黄色油菜花流淌着快乐的河流
我在花瓣上摆渡眺望
梯田层叠着农人的希望和期盼
溪水亲吻着石头土地哼唱着小调
仙雾为张家界披上婚纱
唐诗宋词氤氲着你
牧笛溪里的小鱼摇着快乐的桨

夕阳亲吻着拱桥亭子河水远山
一叶小舟载着一船月光在水中漂流
我蘸着澧水为张家界画一幅幅画卷
一只仙鹤衔着画卷飞向云霄……

刘宏的作品

独坐武陵源

鸽子花簇拥在枝头
等待着起飞的号令
珙桐王深居天子山顶
迷恋那些五彩的黄昏

一枚叶子落下去了
一些回忆升起来了
这坠落的褐色的叶子
这潮湿的泛黄的故事

这踩过的潺潺的溪水
这握过的壁立的峰林
这棵叫做千手观音的老树,借着星光入梦
这个咬着红色笔头的故人,循着澧水来投

就做一个幸福的普通人
愿每一个普通人都幸福
在天子山,我只是诗人,不是智者
在武陵源,我只做归人,不做过客

蛐蛐的作品

张家界的小秘密

张家界有小秘密

岩上小草不怕苦
争取阳光和雨露
脚踏实地往上爬
从不低头发脾气

你看,那随风摇摆的小草
它们柔美的舞姿
肯定是经过了刻苦努力
狠狠地把根基扎牢
步步为营,把身板拉韧

张家界有小秘密

山崖壁上挂青松
别看人家身材矮
年纪不小赛恐龙
历经风霜存大爱

那矮小的崖壁青松
是张家界的灵魂
叫武陵山松
它们汲取得很少
吐出来的氧气,很多
它们是裸子植物的代表
代表松科植物对自然的奉献
奉献给张家界

张家界有小秘密

我仰望时隐时现的山松们
它们是我的兄弟姊妹
挺拔在悬崖峭壁上
高高的位置
我却觉得
它们离我很近,近得
好像把根系

长进了我的心里
亲爱的兄弟姊妹

我愿意付出心脏的水分
我愿意把灵魂托付终身
融进每一根松针里
默默吐翠
守护这片沃土——张家界

感恩天地之德
造化张家界的神奇
感恩父母生我
遇见这里的兄弟姊妹
感恩师长栽培
不畏风雨,茁壮成长

张家界有小秘密

刘晓平的作品

诗意阿克苏（组诗）

阿克苏的太阳

阿克苏的太阳

她是从草尖上升起来

却在白水的霞彩里降落

我喜欢这里的太阳

太阳出来便有了暖意

也有了绿色和丰收　还有我的歌声

太阳爱我　也爱所有的人

我在太阳的注视下

走向每一处藏着诗意的地方

我喜欢在路上

看太阳的升起

也看某一个人在阳光下走向远方

阿克苏的薄皮馕

阿克苏是个富有美味的边城
有瓜果之乡的称号　也有难忘的酸奶子
在吃了阿克苏的薄皮馕之后
便有了将家搬迁来此的意愿
我愿意站在小城楼上看月亮数星星
也愿意躺在草地上看牛羊亲近大地的样子
愿意在大地读植物生存的哲理
也愿意在小城楼想象一个远方的姑娘
薄皮馕的味道真是奇妙
有盐的味道　有乡土的味道
更有找到力量的味道

远眺柯柯牙防护林

在阿克苏　迷人的景色
不只是塞外江南的水　水湖　山色
它的龟兹文化　多浪文化的内涵更让人迷恋
还有它的防护林　像绿色的诗行
放射出光芒　穿透你的心房
在这个胡杨墓场的荒凉边塞
柯柯牙防护林像母亲守护梦的臂膀
挽住了阿克苏绿色的梦想　秋收的牧歌
有一种神秘使我无法驾驭迷恋的心神
远眺柯柯牙防护林就像读诗一样

风吹着傍晚的彩霞也吹着我
心灵在幻想的边城游牧……

城市与乡村的寓言（组诗）

遗忘的稻田
那些散乱不堪的稻谷
越来越少的稻谷
需要另一些生命的手
紧紧地搂住
那些生长稻谷的土地已越来越少
人是很容易忘记伤痛的
昨天的灾荒和饥饿渐渐远去
假如再重复一次
才会记得　人
是离不开稻田的

寒冷的书本
在寒冷的季节
把手中的书本打开
没有灿烂的阳光没有风筝
也没有无忧无虑的蟋蟀
有的是时代的流水线和
空洞的祝福和理论定律
还有虚幻的理想

书中没有黄金屋　但有大道理
有人生该要学会的生存方式

书还是多读一点好
从第一页到最后一页
我看见许多人进去
出来时便活出了滋味

刘年的作品

小麦歌

想念小麦了,想念麦浪推动的云朵和天山
想念麦浪淹没的小路和裙裾

总是这样,在湘西,想念悲壮的小麦
在大西北,又想念谦卑的水稻
在酉水岸,想念荒凉和高寒
在阿尔金山上,又会想念老家的渡口和渡船

想念,像水和食物一样,滋养着我的生命

行吟者

横断山脉抱着四川盆地,祁连山脉抱着柴达木盆地
昆仑抱着塔里木盆地,天山抱着准噶尔盆地

伤痕累累的黄土高原,将黄河揽在怀里

抱着双臂,在黄沙梁子坐着
群星聚集在头顶

我信任背后的水泥电杆,如同信任一棵结满菩提子的菩提树

青海辞

一生中最美的我,遇上了最美的青海
我有体力、激情、坚定的方向和崭新的摩托车
青海有燕麦、菜花和刚洗过的天空

青海的路和我的方向,完全一致
我随着青海大地起伏盘旋

晚上九点了,我还舍不得投宿,青海的夕阳还舍不得落下

繁花歌

骑了整天摩托,没见到一只鸟,一只虫,一根草
风,是唯一的活物

八位女地质队员，在此迷失
半年后，尸体还很完整
没有东西吃她们，她们自己又不吃

陈国莲，陶丽芹，杨新梅，张淑兰，唐子烟
肖春桃，刘黛云，刘黛玉

她们都没留下姓名，这些是我安的
女人的名字带有花香，能让荒原看起来不再那么荒凉

荒原歌

蚂蚁在一分钟后，长成了红岩大货车，呼啸而来
又会在一分钟后，缩成蚂蚁，钻进黄沙
一根白发，不到两小时，就长成了昆仑山脉
两小时后，昆仑山脉又缩成一根白发，被风吹走了

在茫崖沙漠，我变成了赤身的皇帝
二十公里的斜阳，是丝质的晚礼服
沙尘暴过后，又从皇帝溃败成了一个小男孩
找不到玩具，找不到钥匙，找不到姐姐，找不到父亲

还好，落日能承受泪眼，荒原能承受落日
焉支山油菜花歌

花海里，除了采蜜的蜂，还可能有偷蜜的熊
猎人达隆说，遇到熊，不能转身就跑
要面对着它，慢慢地退
棕熊害怕人脸

见过一瓢花蜜，晨曦里，琥珀一样透亮
丝绸一样，垂到瓷碟里的油饼上
就会明白为什么，养蜂人的女人像棕熊一样胖
女儿，像小棕熊一样胖

戈壁谣

电杆，学着胡杨的样子，屹立着不倒
一只红色的塑料袋，在电线上，经幡一样
噼啪作响

一只塑料袋，学着赤狐，在戈壁滩上狂奔
另一只塑料袋，学着金雕，高高地，高高地，高高地
试图飞越乔戈里峰

有些石头，因为吸收了太多的黑暗，慢慢成了煤
有些石头，吸饱了月光，成了和田玉
信赖人间的石头，孵出了一堆小石头
什么都不信的石头，孵出了蝎子
胆小的石头，缩成了一团
更胆小的石头，在风中，低低地呜咽
一双绿茵茵的狼眼，让满天的星斗，黯然失色

高宏标的作品

每一根草都那么谦卑

微风中,那些不知名的草
摇摆着整个身体,她不能用语言
表达忧伤喜悦,甚至是对一滴水的渴望
她的手已经退化,面孔已经退化
只留下骨头做的茎叶
在雾霾里抗争

她向这个世界鞠躬
一次微风,一场夜雨,一只虫子
一次路过的陌生人,一个乞丐的棍子
都会成为她胆怯的理由

已经接近时间的悬崖,秋风是一把利刀
还要把你逼入万丈深渊

你只是向这人世间做最后的告白
请原谅我,我会在一场大雪之前退去
留给你们一个没有杂质的世界

所有的人都已经出场

我戴上面具
将三个碎步走成千里迢迢
我要花枝招展,将一个春天复制到一座庭院
我要用兰花指
将一件往事从缝隙里拉出来

从一个门走过去
或者走向另一个门
咒语不能忘记,字符也不能忘记
即使你有勾魂的眼神
也不能泛滥于千古的江山
你要等那些臣服于红颜的英雄,冲冠一怒

我必须将这些通行证,贴在醒目的空白处
等待验明正身
我还要抛弃今世的杂念,回到五百年前
假装为一朵逝水带走的桃花
泪流满面
也为一个负心的情郎,守身如玉

所有的人都开始退场,原路返回

春日纪事

草在远处
在马蹄声和口哨抵达的节奏里
疯长,春天是一本书
它给封面化妆

翻开的日记本,落满细碎的阳光
一点一点
为一只蚂蚁引路,为一行汉字
披上盔甲

能做的,也只有这些
我摸摸自己的肩
不经意滑到悬崖的边沿
惊艳了,一朵白云和一朵映山红

一根失去磷的火柴

有雨,有风,有树草接头的声音
该说话的都在说
不会说话的也学着说

月亮可说可不说
美,有时就是一种本钱
可代替一切想代替的语言

我想说,夜太黑
我点不亮那些低着头的灯盏
原谅我吧,我是一根失去磷的火柴

如果有闪电
可以劈开石头,你看那些金黄的砂粒
是不是它前世的血

连家湾的湾

米家湾,钟井湾,这是有名字的湾
还有更多的湾,没有名字
红薯在那里睡过
玉米在那里灿烂过
石头在那里忘了归途,有时有一只鹰
使劲地在天空叫唤过它,它没有任何回音
几千年,几亿年都是沉默如此

途中,遇见老徐父女,我的结对户
老徐背上背着一个竹篓

我要他父女俩上车
他女儿说，晕车，她要走一走
直到我到他家走访完毕，老徐的女儿
还没有走到家

云已经从这个湾移到了另一个湾
风已经吹过几遍
老徐家生出的炊烟
像山顶上冒出的雾气，最容易变成天空的云

陈颉的作品

一轮圆月里的村寨,款款走来(组诗)

天香诗社
一介书生,沿着
文字的石阶
在泰山庙,打开一段
荡气回肠的天香之路

于此,经声里的古道
李尧踩过,我也踩过
时光磨损的印记
西风与瘦马,把我推向
一位两榜进士的思想栖地

在时间这张薄纸的背面
一把大火的惋惜与疼痛

是我前来礼拜李尧
放纵在深山思古怀幽的冲动

天香诗社,一眼忘川的福地
如今,一片夕阳
承载着我的感伤
一百七十年,记忆
这剂药方,在沙子垭
早已洞穿尘世的欲望

悬棺
在这个地方,一定要
向先辈们行礼,溪水边
一块石壁上,凿下这些
方形的岩屋,时间这把
铜锁,一直没有找到
启开记忆的钥匙

一幅画,悬挂在这里
一棵柳树,隔河遥望
灵动的眼,蓄满柔情
世代流传的民谣,已在这里
烙下了荡魂激魄的惆怅

坐下来,试问这碧绿的溪水
接古通今的路又在哪里
遐思中,人世间的腥风血雨
在历史文化的交汇处
找不到答案,点化眼前
时光的一次转身,已过千年

石堰坪

慕名而来,吊脚楼
依然活在遥远的梦里
空山新雨,一排排
一片片,百年历史的
妩媚眼神,闪着瓷的光芒

深秋,石堰坪的阳光
在三道门的入口
使劲按住我的心跳
我陡然失去了对现实的
准确感受,坝子的尽头
是一面又大又圆的镜子

一个村落,熙攘喧嚣的
时代,腾出眼神打量的场景
记忆的歌舞和热情
多么珍贵,石堰坪,一盏灯

燃烧的火焰，夜色弥漫
我放不下更多的感怀与爱

柳浪溪

正午时分，一只白鹤
提醒了我，浅溪的流水
恍惚间，没了尽头
阳光腾出的空位，柳浪溪
神女般，瞪在眼前

深秋了，我无法想象
整个河滩的柳树，竟然如此
生机勃勃，绿了又绿

偏僻一隅的，柔软的秋色
河中流淌的碧水
芦花映满天光，静寂
被浩荡的绿色，一遍遍拍打

柳浪溪，那葱绿的
迷离眼神，是我
寻觅已久的内心风景
这一群娇女
我不能带走

只想把一千句恋语
留在这里

走水

头裹纱巾的排客
是裸身走水的梦
定排的耙钩
既能挣钱，也能要命

险滩战栗的舞者
号子声中，抽刀断水
恣意放肆，喧嚣的孤寂
排木开花，石头叫痛

走水的王者策动澧水
泱泱汤汤聚集洞庭
浪尖舔血，水中养家
孤独御风而行

边城茶峒（组诗）

1

茶峒，一位老人
左手挽起秀山
右手推开松桃

湘西边陲

一场秋雨的浸润

酉水，一首诗

在起伏的视线里

漫步一地三省

2

渡口，在雨中

等待翠翠的一帘幽梦

傩送一直没有摸透

酉水深处

情歌从夜色中传来

灵魂的挽唱

在童年的回忆里，只剩下

凄美的故事，静默的长堤

3

流水，一束火焰

随风卷起，沿河街面

前前后后的落叶

清凉的寒意，一地沧桑

静寂中，早过恋爱的诗人

翠翠岛岸，烟雨细柳

又一次扬起内心的晃动

4

河街，脱落的砖墙
在岁月的风口见证了
边城的沧桑与繁荣
河风吹来，吊脚楼上的酒香
迷漫整个小巷，悲痛抽泣
放纵欢笑，顺着风
有多少人醉倒
又平息了谁的愁绪

5

一滩洲寄放一个故事
一白塔封尘一段历史
边城，一位僧人手扶土墙
微闭眼神，此刻的虚无
与我形成鲜明对比
一面镜子，借着内心的灯光
总在死亡和岁月面前倾听
却从未轻易出手

6

如果没有沈先生
抑或没有他的《边城》
茶峒，可能依然还在

一迭迭年轮中堆积

依然还在细细地

支撑着过往的命运

7

酉水岸边

吊脚楼里的一把旧琴

是边城挂在三省版图上的

一方驿站

官宦商贾留下的马帮印记

一只青花瓷瓶

摇晃在悠扬的曲子中

细小而安逸

8

傍晚

乘坐小船来看翠翠

空无一人的石凳

薄薄暮雾中

倒影还在边城的梦里

微风晃动的寒意

一方小岛在时光里漫步

一只龟静得出奇

天平山林海

爬上铁质的瞭望台
天平山的秘密一览无余
一个牧场,成吨的绿色
势不可挡,潮汐一样向我涌来

辽阔,如一场风暴
发出神秘的脆响,深不可测
空旷的林海,漫山遍野都是翅膀
坚硬的风,发动引擎晃动整个春天

连绵起伏的绿,我无法遏制他的逼近
一片林海的高度,从一滴水到一匹绿色
时光腾出的脚步,已行走千年

牧笛溪

溪水的矜持,折叠着
被遗漏的光芒,堤岸垂柳
一袭风的衣衫,有谁愿意错过

映入眼帘的浅溪,拽紧一粒粒渔火
绕不过的命,群山有着慈悲的心跳

细碎的波浪，花香积淀浅霜
小桥流水飞瀑，石路贴溪行
巧妙的搭配，让我不知所措

牧笛溪，喧嚣背后隐藏的安宁

向延波的作品

两场旧爱

去看一个心仪已久的姑娘
她环抱双臂的态度
像一丛雨后的芭蕉湿湿答答
一群恶狗并非情敌
深夜狂追我了五里地
因此
我和那晚的月光不算一场私奔

同学的妹妹蹲在河边洗衣
接受河水挑逗的样子
比诗经的封面还撩人
我情愿把整条河送给她
却被一个须发如猬的对手带走了
胜利者的口哨

我怀疑她后来在那辆摩托车上哭过
因为河水至今仍淹没我过河的石礅

白菜

她趴在车窗上
卑微得像一只塑料袋子
满含老泪的执着
竟然是为了让我带走两篼白菜
对　她亲手栽种的白菜
就像亲手栽种的我们
一篼一篼被送走
不是钱的问题
也不是化肥的问题
真的不是

有一种对比叫痛彻心扉
像身后的老木屋一样
像血肉枯竭的篱笆一样
再也拦不住到处乱跑的秋风
再也扶不住虚张声势的岁月
她曾经是村里最漂亮的姑娘
是一块水草丰满的菜地
现在只剩下一地空穴
脸上的白菜被带走了

胸口的洋芋被带走了
连膝盖上的萝卜缨子
也被晾成了细长的记忆

如果我不带走这个塑料袋子
我就是她的不肖子
我还知道我走后
她会和墙角的那个老南瓜一样
在整个冬天里
沉默不语

我们走过的田埂

田埂是一根脐带
那年月的孩子
说不准就顺着田埂降生了
叫田生　禾苗的孩子
带着蛙鸣一样洪亮的哭声
沾了泥土气
经摔经打
身上有五谷的香味

沾满泥巴的赤脚和脏兮兮的脸
是童年最好的封面
一个又一个冬天踩在上面

田埂不声不响
我们的田埂多朴实啊
看上去坚硬
其实内心挺柔软的
赤脚踩上去
就能听见田埂开心的笑声

我们最初写下的诗
是在田埂上完成的
歪歪扭扭的一行
有错别字
不押韵也没有意象

我们开始走散四方
将田埂遗落在家里
每年春天
那些芭茅草仍然顽强探出头来
从齐腰深的南风里
打听我们的消息

没走过田埂的孩子
就像一本缺失封面的书

双溪桥

曾经十里繁华
现在迟暮一身
溪水日夜不息
除了脏了些
脂粉气淡了些
依旧像个喋喋不休的说书人

石拱桥打断骨头连着筋
散落的砖石卷土重来
只是为了把历史的真相
告诉亲密无间的杂草
岁月看似匆忙
其实连名字也没能带走
青瓦　阁楼　天井在落日里相互安慰
老眼昏花的石板街
在贞节牌坊下
烧出一层厚厚的叹息
没有人理解
一个二九年华的美貌女子
为什么把后半生
托付给一块冰冷的石头

来这里的人
和古树上的叶子一样越来越少
譬如我
来自先祖的一次灵魂穿越
七十年前
那个身后站立五个持枪马弁的曾祖父
他的旧式长袍和长辫
所拥有的破败傲气
一定沿着这条溪水
毫无保留地流进了我的骨头

阿微

不是歌名
也不是怀念
是一个叫阿微木依萝的彝族女子
颠覆了我对大凉山的看法

有些人生来就是为文学而活的
或者说
有些人生来就有吃这碗饭的命
这种说好算不上
说坏也算不上的命
安身立命的命
纯属无奈的命

初中肄业的阿微
刚刚学会用普通话和南方打交道的阿微
什么时候有的呢
大凉山飘动的万千火把不会明白
她老家的毕摩们也一定猜不透

因为神把咒语
藏在了她的荞子地和干草堆
风翻起她厚重的滚花衣服
她发现了故乡背面的秘密

月亮在异乡的夜空噪动不已
青草的香气从她的梦里长出来
在一百五十元一个月的出租房里
天才的阿微
她的文字抵御过透不过气的炎热
抵御过流水线的生死疲劳
和时不时冒出来的乡愁

阿微写散文小说
可惜不写诗
也许诗是挂在檐上的月亮
圣洁得让她不忍触碰

一个人活得不易
但绝不低贱
郑小琼王十月是
还有一个叫金波的也是
他们没有离开故土前
不过是不起眼的一株稻子一颗玉米
到了珠三角长三角的某一天
机器轰鸣声一下子唤醒了
他们沉寂千年的灵魂

大峡谷：断崖的锋芒凝滞了时间

左岸是沧海
右岸是桑田
拒绝平庸的辽阔和卑怯的绵延
我选择一次分筋错骨的断裂和嬗变
选择把亘古的风雨和孤独埋藏在心间
一生就是一场轰轰烈烈的起落
一步一千年
唯有这断崖的锋芒凝滞了时间

苦竹寨

最后的排古佬留下了一把木梳
水中的吊脚楼又妩媚了几分

线装的青石板一页页记下

赶尸匠　花船和嫁歌

记下一场土司为初夜权发动的战争

一条不安分的河流总有

一座安静的寨子守着渡口等他回来

澧水向洞庭跑去

苦竹寨还记得他年少的样子

辛丑年

庚子结下的怨意

到辛丑该统统冰释前嫌了

元月一日这天果然天光大霁

我带回了一小部分

原野的香气和暖意

安放在你的窗前

希望你醒来时第一眼看到

元月安静极了

二月不被砍伐

三月没有遗弃

如此下去

不要停歇

我们和北回归线平行

和地球的自转公转方向一致

阳台

阳台是老婆的一亩三分地
那些花花草草
花花绿绿的衣服和太阳
淡淡的洗衣粉味道
雨露均沾

只有到了阳台
她慵懒的身子才吸足了元气
像一尾鱼游进了水里
每一寸皮肤活力四射
有时觉得挺可惜
城市的鸽子笼
只有这么一块是她的用武之地

阳台是城市的屋檐
我们在此筑巢
雨在外面下
风往里面刮
鸡毛蒜皮从这里盘旋　起飞
她轻微的鼾声在晚风中起起伏伏
我们的爱和那些多肉植物
纠缠在一起

我借老婆的阳台一隅

安放我的茶杯和书卷

生活微微发苦

墙外没有红杏

我们彼此照耀

一切约定俗成

安静或者热烈地相对时

我们都试图把对方的水分拧出来

干干净净地晾在外面

谷晖的作品

我的村庄（组诗）

我的草原

我说的是草原
它不在科尔沁，不在呼伦贝尔
在湘西，与
云岭寨遥遥相对
那里的泉水，比草地还要丰茂
牛背上的牧童，悠闲自在
四溢流淌的泉水，透明清澈
炊烟吹响归家的号子
温暖如煦

我的梯田

在鱼鳞寨上观看
层层叠叠，简简单单

在草原远眺

金黄稻浪,此起彼伏

晒谷场,草垛旁

天盖地被

在月亮游走的夜晚

做一个稻香美梦

我的寨子

云岭寨上

适合策马奔腾

做一回英雄吧

英雄的种子,早已植入

这方厚厚的黑土

烽火气息,尚在寨子上盘旋

英辈的鲜血

孕育了这满坡满坡的油茶

我的水井

水井是村庄的标记

村庄的魂,静静地养着

一汪白云。一方星空

一只井底的蛙

水草都老啦

慵懒地,跟着村庄浮沉

我喝的第一口水
是清晨时分
母亲将水一瓢一瓢舀进水桶
这时村庄还未苏醒
晨雾尚未散去
她小心地挑着井水
像挑着我曲折弯洄的一生

我的村庄
村庄里都是老屋
层叠的青瓦
斜阳下，像极了鱼鳞
半吊脚楼，吊脚楼
垒石头挨头，脚挨脚
像村庄里的人
温暖地生活着
流淌的小溪，串起青石板
就是一幅画

这是我　越来越依恋的地方
我把灵魂的一半安放在这里
时时想着去摸一摸

行吟多彩贵州（组诗）

行吟之一
——走进西江

你是仰阿莎第四天
绣绘的部落。十二颗鸟蛋
枫木孕育雷山之子

蝴蝶是你的神灵
五彩斑斓注定了你的多姿
一次次迁徙，一次次化茧成蝶

你是跌落凡尘的星星
专门在夜间
点亮人间的烟火

行吟之二
——夜读西江

那些远道而来的灵魂啊
在持灯使者的牵引下
一步步逼近黑暗的细节

拉上窗帘
隔绝歇斯底里的喧嚣

诗歌,透过清爽的风
吹进房间
在万家灯火的夜间,释放孤独
面对偷窃来的诗集
学着读诗,学着与西江苗寨的夜晚对视
灯火通明。来来回回
寻找失落的影子

行吟之三
——纯粹的荔波
绿宝石镶嵌的地方
河面幽幽,绿波粼粼
满目飞泉,满耳淙淙
响水河上,68级瀑布逍遥快活

绿色里,迸发出来的翠谷瀑布
入涵碧潭,戏鸳鸯湖,穿石上森林
拉雅瀑布濯洗大地的晦涩
卧龙潭下,伯牙子期在此相遇

水上森林,安放的灵魂
没有了白水河的堕落与消殒
七孔桥的传说与水为伴拥水而眠
做个与女儿一样纯粹的梦

行吟之四

——走近肇兴

四年前,你累了,倦了
魂归侗乡
侗寨是你心灵疲惫的家乡

无数次,
在梦里,亲近你
侗寨是地球村最古老的歌谣

在这不重要的年份里
所有人都在租借光阴度日
而提前透支的你如今去了哪里

行吟之五

——自在路上

棉花糖,挂在了天上
兜兜转转几十载
梦想还是儿时的梦想

如果需要留点什么的话
一件旧皮袄吧
温暖过冬天的那件

或一双鞋
那是远行的足迹

清晨，褪去夜的喧嚣
宁静，遥不可及
闲看烟花落幕，风雨桥
已自在千年

那些赶路的人们
匆匆奔赴下一处路口
行李箱，一遍遍碾压路过的风景

周明的作品

水面上并不是无路可走

水面上没有路,但并不是无路可走
黑鸭白鸭,像来路不明的黑白双煞
脚步的桨聚集所有船的精华
左右摇晃,得意忘形地浮在水面上
秋风为了送它,忘记了吹开羽毛
只用皮鞭抽打秋波,推向对岸
水下埋伏着树枝,正在忙着
日夜赶制刀剑,火焰生死不明
我抚摸了一下水的手,害怕
咬伤我的骨头,这是生死较量的孤独
我决定,纵使水上有千万条路
也不与鸭子一起漂浮

水面上的秋天

各种大小船只停靠在岸边
像居功自傲的功臣
不愿交出它们的江山
一只野鸭离船不远,孤独地游在水面上
像一只来历不明的麻雀
它的身体随着波浪起起伏伏
突然,野鸭钻入水中
顺手牵走水脸上的雀斑
矿泉水瓶浮出水面,像伪君子
腹中无货,怎能沉得下去
我站在岸边,深陷于野鸭的飞翔
仔细辨认来自水底的颤抖
我应不应该留下来
与秋水一起慢慢变凉
只有鱼的体温最可靠
可以救活一条河

上岸

我坦白,我为什么不上岸
水底还有活着的石头,在与水鬼纠缠
小铁船穿着红色外衣,像西藏云游的喇嘛

靠在岸边诵经,为一条河流超度

风吹开一堆浪花

露出了小木船的尸骨

为了感谢我们拉它上岸

它趴在河岸的土堆上,给我们磕长头

那些破乱不堪的木船,已装不住旧时光

老妇抱着船头,像捡到一件宝贝

来不及表白,眨眼就恍若来世

对襟衣

当戴上青丝头巾

扣上最后一粒对襟衣扣

我情愿让一炷香诅咒

按照祖传习俗,与鬼魂共进晚餐

给祖先敬酒

我双膝跪地,请求祖先原谅

因为我弄丢了对襟衣扣

黄龙洞,每一根石笋都是告密者

对我来说,活一万年太难熬

对你来说,活万万年太少

路过时,你在暗处牵走我的童年

我发誓要坐上你那把交椅,成为洞主
统帅成千上万的惊讶
我遇到的每一根石笋都是告密者
指认我只是过路人

树都是朝天看的(组诗)

野菊
——给妻子

入秋,野菊的呼吸不畅
但开放得并不慌乱,整个身体
静静地还给枯萎的草丛
秋雨的细针,扎进花瓣的手心
稳稳地将内心的闪电活成了闪电

雨水多了,整个世界冷却下来
我真的看不清是谁的阴影
依靠草丛作恶多端
你的脸颊捧着无数颗晶莹的葡萄
还给我内心的果盘

我让出整个天空
寂寞地等待一场雪

辽阔

他在寒风里走向一片树林
寻找那个追着纸飞机跑的小星星
他走,小星星也走
他跑,小星星也跑
最后,小星星跑成了树林里的小土堆

他走出树林,回家
残疾的小儿子,在家搓癫痫病的棕榈绳
等着他的脖子钻进圈套

他种的苦竹年年都发芽
已经无法与猴子、野猪做交易
现在,他变得如此精明
打县长热线罩着他

我们面对面坐着,深刻讨论
猴子和野猪都死了,我们活着
到底是狭窄还是辽阔
他抽着烟,眼神死死地盯着小树林

冬日

悬崖上,落光叶子的树都是朝天看的
它有风言风语,甚至有刀剑

没结冰的水是朝下看的
它手边有水草的尖刀,甚至心中有石头
它们中间,我像被告密者遗弃的手下败将
在长满青苔和落叶的青石路上,舞剑

溪水,它以为在暗处流动
我就听不懂它的响动
树哟,它以为朝上长
就能与天空叫板
我啊,还在它们之间来去自由
该下山就下山,该上山就上山

小北的作品

远方,那悬空下

竖着。我梦中的石板路伸向天空
谷物脱下外壳,赤裸着。我有好久没有光着身子了
在我的晒谷场,那些星子,稠密无比

多好的晒谷场呀
多好的爱人
好像一生有爱不完的人
好像一生有用不完的时间

我悬在半空。替一些星光醒着
从来都是我醒了一会儿
星光又醒一会儿

深溪,伸向沅江的柔

开始不停地闹,撒欢
哗哗而流,遇石撞石
遇崖跳崖
多好的爱情呀

越走越静
变得深沉
溪水那么多
像一个人
像我父母
在我面前,变得小心翼翼

一个人不小心就走成了大河
一个人去看海,还背负着那么多的水
一辈子都在沉沦
一辈子都在干涸

飞向,在水中的鸟窝

它都去到水里了
鸟儿还去
我过去,要坐船

两只黑色的鸟
从江面飞过来
以前都是白色的
是它们飞着飞着就飞黑了

黑，更接近飞翔
黑更像子弹

我宁愿相信，黑白来源于两只同样的鸟
它们白飞过
现在黑着飞回来

暮归
两只黑色的鸟飞临鸟巢
多像自己射向自己

黑夜中，把自己跑成一道闪电

如果一直这样
一条路会不会同意
我们就这样一直跑下去
给每条黑暗的路
一道闪电

我说闪电闪电
那声音微乎其微
我举着自己
在旷野上，那时的田埂上
火把自己点燃

我说闪电闪电
那声音微乎其微

宝峰湖

湖水很安静，天空也不好意思动了
彼此是彼此的一面镜子
水倒影山峰

天空已倒影我多时

最心疼的时候，是你掬一捧水
弄碎了我

天门山

这里不宜老去

高耸的天门山是一根针
天门洞即针眼
有谁引线，可以穿针眼，缝天地

铁匠

没有铁匠了
我想到我的乡里找一个铁匠
给我打一匹马
马生锈的时候
我就把马骑到铁匠那里
让他把生锈的屁股,还有头颅敲一敲

没有铁匠了,回到乡下
我就像一个什么都想打一打的铁匠
我喜欢铁的燃烧
喜欢一块铁被烧得通红

你一锤
我一锤
从来没有心疼过

已有稻穗长成草的模样

稻穗在脚手架上
稻穗回乡创业,在我的乡下
稻穗都是有名有姓的人
稻穗是留守的稻草人

稻穗沉甸甸的
稻穗抬头望天
稻穗在天上
稻穗把好久未用上的棺材
又刷了一片漆黑

可我们不管,就是那片漆黑的天空下
数那些闪着光的
生锈的铁钉

典铁的作品

白鹭

白鹭起飞的时候羽毛
才会突然变白,也只有等它埋头
剔净附着物,我们才会看见它飞起来
——向水面猛烈地拍击
带着一层层挣脱感
把我们引向地平线的尽头
白鹭,就是一只只从白色中飞出的
扭断它银灰色的影子
仿佛不能遗忘的艺术,明亮的瞬间
一种古老的伤害在释放?

打谷场

火焰在半空中
温度依然很高,一群群麻雀飞来

又溃散。在更上方
才变成炽白的雾状物
聚集着，无声地挥发着
但热量如同困境
会在记忆里持续上升，扩散
站在下面的人，都没能走出那种火焰
一张张黑红的脸膛，用手臂
跪捧着里面黄灿灿的火星
他们的眼睛闪着炭块一样的光
热浪在他们头顶
还需要一段时间用来冷却
太阳每年会透过大气层的凸透镜
点燃这里的作物和情绪
一头牛，像个退场者
从断茬处快要后退到草地边了
尾巴上卷又垂下
它听到来自机器空旷的轰鸣

贝江码头

有年在广西，去基站
路过。两岸竹篁夹着一条
青绿的江水，峡谷烟岚
在船尾，和着摆不掉的涟漪
一直把我们送上

一片卵石堆积的河滩
空气里，安详而肃穆，每个石头如同
古刹里的脑袋，置身世外
望着不息的江水
望着那些被河床清理而出的石头
我们想最尖锐的
肯定，还抵牾在流水中

在麻栗溪峡谷

猛然割开的石壁，如同爱情的决裂：
永不靠近，永远凝视
像来自它们中间的回音，訇然作响的溪水
紧攒着浪头，推动一个个石头
奔向下游。光，就是从头顶移走的
青苔伏在阴影处，攀爬着
每个空隙和细节。据说一生中
能保持如此距离者，仅容一人
当我侧身而过，前胸沁透后背
像触碰到自己的心脏

既视感

写完诗后的空无感类似于夜禽
抓住深夜某节树枝而其声飘忽，又似缥缈

细雨下的庭院随父辈撤走之后涌现的围栏
常迫使我返回被芭蕉浓影遮掩的窗下

时辰隔着灯光渐渐生成词句间的玻璃
清冷与困惑充盈着逶迤而来幽蓝色的溪谷

但沉思总能带来几次折断枯枝的声响
一只猫头鹰由刚刚踏空的部分猛然扑入这纸中

蓄发

想等到头发
再长点
我就盘发
束髻
像个隔代的古人
阁楼上
听蝉听雨
不再乱发纷披
站在山垭
每天
都像处在风口

王馨梓的作品

金银花

有些倦了,放好书签
灰绿的扉页,含着鹅白书纸
素静,清悠,似暗香袭来

闭上眼睛,听风的声音
呼吸里带着微笑
你向我走来
在开满月光的夜晚,赠给我
一片盛满金银花的旷野

独角戏

来和去时,一样决绝
不过是

黑暗中有光，地平线有落日
不过是飞蛾扑火
不过是怀揣匕首
向内扎

致爱情

相比轰轰烈烈，我偏爱平淡如水
心里一万次化为灰烬

星空不寂寞，大地上无数明亮的眼睛
沉默大过雪的寒冷

在汹涌的光芒和万籁俱寂里，我悄然隐退
而我从未闪耀

给你

在空旷无垠的冬日
写一封信
信里有绵羊一样的白云
和丝绸般的初夏

不署姓名，不留地址
远方的人一展信，春花就开了

猎人

很多日子,紧紧捂住
体内的鲜花,青草,雪
它们有蔓延之志
这美丽的罪恶

而我,是自己的猎人
我朝一群小鹿开枪
我毁灭了我在人间的罪证
我把你,像神一样
高高供起

礼物

万籁俱寂里清脆的鸟鸣。
薄雾推远的隐隐群山。
丛林石缝杂荆中突围的清泉。
你迎面走来的笑脸。

不,远远不够。

后来雾散了。远山赤裸。群鸦低飞。
山中清溪汇入无名深潭。
我们再没有相见。

遥远的路途,悲伤和幸福
交替着把我抛弃。
领受让人接近上帝。在一棵三叶草边
我终于侧身让过了,那个阻碍自己的人

并对生命中的礼物。重新命名

茅岩河记

走了很久,两岸石头垒成的山
一直是石头垒成的山
静静的流水,一直是静静的流水
木船上的人,一直是看山还是山
看水只是水的人
偶尔抬头看看,天空淡淡的云
除了黄昏,有落日掉进河里
这里不会有别的事情发生。

胡小白的作品

山居赋新词

风,剥开树的花
那么多的木槿笑,那么白的粉末
拱出时间尘屑收紧的手,布施弧形山峰

黄稻低低地
敲击秋天薄肚。应是密语连珠啊
上环喉管试着在绝望中寻找玫瑰之露珠
——一种跳脱黑的朴素发音

被生活衔住的人,一边整理晚霞非理性褶皱
一边端来裹满奶油的玉米粒

冷的记忆

冷是一种信号。风是冷。
那么多的冷,更迭方向搜寻路径
想要灌满空荡荡的骨骼

仓库是竖起来的大板床,弥漫丛林茂盛呼吸
身体试着叫醒立志后的思想,以便对抗饥饿神经
这是很久以前的事,但童年并不觉得苦
记忆也还未卷出疲惫浪花

我们共有的冬天,如钟摆转动
滴——

——嗒
现在,我们有足够丰满的光辉,柔软的棉口袋
娴静地,替时代分走一点点冷……

影子

"将影子挪一挪,别被拉进墓穴里"

一具影子动,所有影子跟着动
被点燃的空气有了脚步转折的嘶哑回响
那么细微,沾染哭声、唢呐、死的恐惧气息

想到早些时候,我们跪在门前等众人
将他抬出,那是第一次发现影子可以那么重
需要八位男子才能搬离不属于他的空间
他们都太累了,逾越他们的苍老
以致在冲柩中没有扣住肩上棺木带来的福报
我替他叫出了声,带着不合时宜的担忧
装影子的壳摔向收割后的田野,荒凉的田野
吐出白茫茫的雾

是时候了——
他们将他埋入大地心脏,不去听象征性地挽留
或许是真心的。时间不给我自由
白布萦绕的思绪跟着泥土变得繁乱,紧致
直到鲜活的影子认领各自的主人
直到他的影子再没有从墓穴中爬起

杨桃

就这样,天空一般皱的疲倦
在左手与右手之间不停吞吐气息
不能太粗暴了
你摁住脚印火舌,抱回一整箱绿色星星
它们是吸吮过泥土同一对乳房的兄弟姐妹
彼此伸出圆澈触角,互相安慰着
比影子更黑的多角影子

开在高处的玉兰俯视猝然停驻的浓郁
悠悠地,递出闪亮的十字架香气
白色花瓣上的眼睛,张开十万只蜡烛的光
你的心不自觉地绚烂起来

晚宴前,仍要小心翼翼地
洗净。切割。深深祈祷
你怕失去角的星星散在盘子里
没有该有的样子
但你相信它
记录着所有人最美的样子
还没有腐烂的说辞

黑夜如此光滑

现在。
是现在。
属于青蛙的时刻。属于水的季节。
而黑夜如此光滑啊
使你相信定有双神一般有力的手将它抚平
悄然地,不露折痕

放下所有鲜活而强大的声音去注视,夜的另一面
是间尚未打扫干净的屋子,蛛网正极力保持原始镇定

失去牢固链接的关心,和烟灰纠缠着撒了一地
而思想,是只失去方向的苍蝇,精疲力竭地
向内抱住松散的自己

如果耐心等一等
夹杂鸟叫的言语恢复体力
涌向远方的海水退回来,在纯白的床单上
放开四肢

那么,此时,就是现在,不能再多一秒,我要弄皱它
——这高傲而毫无波折的黑夜

消失

到底有多久?
没有人回答,一只白鹭飞过的早晨
风悄悄松开捆紧世界的黑色发箍

以无形的手
搬走棉絮,铁桶,发霉的滚轮
……

胡家胜的作品

爱在五溪（组诗）

怀化

昨晚，槐花开了
一夜之间
花满枝头
芬芳了我的梦
洁白洁白的槐花
是我昔日的思念
曾经的故乡和乡愁
凝结成两个字：怀化
采撷一朵洁白的槐花
速递给远方
你坐火车来吧
抑或直接坐高铁到怀化

潕水

到了怀化

一定要看看　水

它是一条飘动的彩绸

像侗家女儿的彩锦

飘在雪峰山中

水左岸有芷

右岸有兰

风顺着古老的峡谷挤进来

挤进来的还有一列列火车

风吹开了河水的涟漪和梦

春天的怀化

遍地花香

芙蓉楼

到黔阳城一定要登芙蓉楼

公元 748 年，竣工

水澄澈，碧空如洗

王昌龄的好友辛渐前来祝贺

没带银子只有诗

两人煮茶

一千二百年后

2019 年 4 月 27 日上午

古二月登上芙蓉楼

楼上还有一大群诗友
没有煮茶
只煮一句诗

黔阳古城

走在古城黔阳的石板街上
我走不动
上面有字
不小心就会崴脚
我坐在祥和春茶庄
长袍马褂
今天接客
接待一位远道而来的吴越女子

杨梅

来得不是时候
雪峰山的杨梅还没有红
记得前年
我在万寿宫喝酒
正值杨梅红了的时候
那天
我没写诗
只做了一个梦
她站在杨梅树下
痴痴地望着远方

这天
我写了六首诗
没有杨梅
只有前年的杨梅酒
哦，杨梅梦里红了

芷江
一条流淌着香草的河流
曾经流淌着腥风血雨和愤怒
雪峰山的最后一缕硝烟
至今萦绕在我的心头
历史已经记住
像遗传基因融进了每根骨头
荣誉和耻辱
刻进了一个血性的民族
用刺刀和鲜花

欧阳清清的作品

山茶

花都从枝头掉在地上了
一朵一朵
还努力保持着在树上一样的鲜美

落花努力阳光地笑着
一层一层
红地毯一般地铺着

枝头上一定会有新开的花
一闪一闪
繁星满天

秋雨有一些微凉
一滴一滴
在枝头是露,在地上是泪

火葬

我的,最爱的人
等你,满怀渴望地,来抱起我
把我的身体,投入你的熔炉

情愿,为你燃烧,让灵魂能继续
在这个世间美好可爱自信地活着
也不要让身体
在地狱里颓废孤单怨恨痛苦枯萎

包子的作品

张家界是我遥远的诱惑（组诗）

心湖

孤独的水域坐享整个天空
亿万年流逝了岁月的诗意
没有夜晚能使我酣睡
没有黎明能让我醒来
心形的水域是自然的琥珀
亿万年的光阴我独享自己
雨水没能让我变成花朵
等待没有让我变成公主
唯有发现方使我焕发爱的灵光

张家界

张家界是我遥远的诱惑
诱惑于我有天子山峰骨的挺拔

有金鞭溪、宝峰湖碧水的流连
有玻璃桥惊心的爱恋
也有天门山寺洞穿人生的禅语
寺内晚钟是我留恋不舍的归程小路
下山的夕阳把城内万家灯火点燃
也为我点燃了寺内的那盏油灯
那是我为你唱响三生的祈愿……

金鞭溪
行走在耳语的金鞭溪
奇峰与传奇写满心海
太阳偶尔沐浴探奇的心灵
探看风景的诱惑之路
如潺潺溪水绵延没有尽头
恰如我无时无刻燃烧着对你的思念

张家界山水
在这个奇山异水的世界
山水顽冥不化加固了爱情
夫妻岩　望郎峰　鸳鸯泉　鸳鸯瀑
这些奇异的山水啊
原来都是爱的化身
奇石奇得有峰骨
丽水异得有情韵
这些山水都是有情感的
难怪它让我百看不厌……

玻璃桥

就像我的手拉着你的手
天空中便有了奇观
云彩从我这边飘向你
时间从你那边流向我
岁月就有了诗意
云空便有了奇迹和风景
彼此间我们紧握着双手
便是流年里一对行走的爱人

朝颜的作品

过剑门关

1
把双手张开
我就有了翅膀
羽毛是流线型的
骨骼是薄而轻的

再给胸腔安上一个小马达
我就可以飞了

是的,除了飞翔
我不知道还有什么方式
更适合抵达剑门关

2

必须站在高处
才能拔起锋利的剑
将蜀道劈开

修筑栈道的人
转身离去,已是千年

我一不小心跌进三国
发现,那一夫当关之勇
我也能够

千年以前站在高处的人
早就把这一幕
看得清清楚楚

3

低下头去
面对万丈深渊
晕眩是不需要练习的动作

后来,我遇见一个摸着岩壁
蹲伏了身子过剑门关的人

他说他有严重的恐高症
但他没有返身走向回头的路

后来我从晕眩中醒来
面朝前方
脚底下生出了风

4

造物在广元置了一个关隘
就像　你在我命里设了一个关卡

这一生我都执守一念
为了闯过那道关
我准备了足够坚硬的骨头
足够轻盈的悲喜

我来的时候
不坐滑竿，也不坐索道
只让风带着我走
只让头顶上的光引着我走

所谓心无旁骛
就是　不让自己有第二条路可走

钟远锦的作品

坚硬的季节（外一首）

乱石挣脱流水禁锢，以坚硬姿势
托起河床！硬，锻造着乡村

老屋握住最新一缕秋风。摔打
是农人的事，也是老屋的事

农人紧握着割断的稻谷，向坚硬的负桶撞击
老屋紧握游离的光阴，向空旷的长空撞击

撞落的心境与撞落的稻粒一起
装进高高蛇皮口袋里

年过不惑，我开始学会了静默
挑着一担星月，踏空山野

他们给自己的灵魂与命运狠狠打一针

噪音成群结队在城市里游行,长满
痱子的阳光,将痱子特有的成分
做成阴影,撒播在立秋的空格里

热,是一种流行病!所有街头
都留不住人!只有那些简单的树
在顽强地行走

那是来自乡村里的树,为了让他们
有别于城市居民,身上套起了橙色标注
他们或低头挥舞扫帚,或拉着垃圾车往前走

他们,将自己当成了痱子粉
他们,认真清理时间留下来的阴影
他们,要将热这种流行病,当衣襟

他们要将尘世间的各种硬与尘粉
当强心针,在某个挂满星星的夜晚
给自己的命运与灵魂狠狠打一针

秋石的作品

江郎山,一幅揉皱的丹霞

衢州不远,江郎山近在咫尺
钱塘江溯源而上
一幅山水,被白垩纪揉皱了,成了丹霞
一幅绝版,奇、险、幽
我慨叹,大自然的刀斧劈出嶙峋之势
没有留白,嘉木拂袖成荫
白云缠绕一串串鸟鸣
当然,三爿石,有前世的约定
做兄弟,那些险象环生的胎记,铁骨嵯峨
一线天,一束幽暗的光
扶我走过崎岖和忐忑
月亮湖,我看见月亮又一次溺水
湿漉漉的影子,惊起一滩鸥鹭

不过,江郎山,空谷跫音
迷路,那是早晚的事,好在
徐霞客酒醒了,一路蹒跚而归
尽管囊中羞涩,抄几行白乐天的句子
权当酒钱,打打牙祭,足矣
因为,"南孔圣地,衢州有礼"
因为,崔嵬江郎山,有容乃大

(俄) 娜斯佳的作品

雪花的吻

昨晚又下大雪了
是的,西伯利亚的冬天
最不缺少的
就是雪

一片又一片,落到各式的房顶上
烟囱上
光秃秃树梢上
雪花还经常亲我的额头、嘴唇、鼻子
雪花热情的亲吻
有时候让我喜欢,有时候使我避开,赶紧跑回暖屋
我甚至,有点讨厌了

让我俩
默默地看下大雪的样子吧
默默地幻想自己的世界

危险的是,我们幻想的世界
一旦暖和了,就都融化了
世界里就不会有你
也不会有我
甚至不会再有雪花亲吻土地

让我们看着雪花感悟爱情吧
让我们的心都不要融化
让我们默默喜欢……

龙居崖观水瀑

我只是在岸上
不像它
抱云
揽树
甚至整个天空
都在它怀里晃荡

白鹭举翅雾中
游鱼得意于浪花

我滞留在
尘世
万物各有其命
堤上奔波的我
却总有一天

一脚踏空
像水
跌落于水

瀑布口
天空已经收窄

张家界,想家的界

冬天的张家界也能给人带来温暖
自信的小猴子过来瞄我一眼就跑
我根本就不知道怎么会有这种惊喜
一座再一座的高山
不知道为什么我还没搬到
天门山里,坐在天门山洞里
思考人生
思念家乡
默默流泪

千年的永嘉书院,我来了!

又一幅中国美丽的画
这次是哪里?
我在浙江永嘉书院吹拂着了暖风

是的,秋天的落叶纷飞
一片黄叶飘在永嘉书院
另一片,飘飞到杭州
另一片,飘得更远
飘到了我的家乡西伯利亚

今天,许多中国小美女穿了紧身的旗袍
我也穿了一条十分华丽的
中国的小伙子的眼神
像河流一样流淌在我身上
我走到哪里,秋天的影子就跟我到哪里

这一座千年的永嘉书院
今天突然来了一位穿旗袍的俄罗斯姑娘
就是那片飘到西伯利亚的红叶
就是那片飘到杭州的红叶
牵上了她的手,引她来到这里

是啊，千年的永嘉书院，我来了！
就为了千年的中国文化，我来了！
我带着笑容来了，我穿着旗袍来了！
我怀着一颗中国心，今天来了！

桂林的小矮人山

中国的山水迷住了一个
外国人的眼球
到一个省，就学会吃几道当地菜
听懂几句方言

杭州是我心目中的第二个故乡
大运河、钱塘江、西子湖
我熟悉到一闭上眼睛
就想起它们
而今天看见
桂林的山，这让我想起童话
山头是一个个小矮人
随意地蹦跳，一个跳到中间
另一个，跳到人群里
我看不到他们的眼睛，肯定有秘密藏在里面
这次旅行，我要揭开这个秘密
回去告诉我所有的外国朋友

问了几次，这些山有没有名字？
大家都说没有，这让我惊讶
这么可爱的山，怎么会没有名字？！
桂林真是一个不可思议的地方
我来起一个：小矮人山
远看，是帽子一样的形状
近看，是小矮人的脚步在奔跑
我要跟他们做朋友
我要跟中国可爱的山做朋友
我在中国桂林有了那么多的小朋友
他们永远都等着我
戴着帽子

我在海南临高找到了宝藏

一直希望找到一个地方，寂静、神秘
因为在杭州生活了很久，一切
都好像太熟悉了

熟悉的阳光，熟悉的人们
熟悉的道路，熟悉的气候
哪里有更能吸引我的眼球地方呢？
没想到，海南的临高
突然，我就发现它了

就是它！就是海南的临高角
突然感觉，我思想里所有的中国力量
都集中在这个又大又安静的角落里了

需要热烈的时候，它也很繁华
需要安静的时候，它就变成了一个
隐秘的宝藏之地
谁也找不到

我跟安静的海水、椰林坐在一起
我的四周只有风
很远的地方，有一只海鸥

一个来自俄罗斯的姑娘，幸福地找到了这个宝藏
我回到杭州以后，会把这些宝贝分给大家
我会给大家分送椰林、海风、海鸥
分送我的
热爱中国大地的心情

富阳的银湖在闪光

走在富阳，8月的天气炎热
但这样的天气充满希望
我一点都没有焦躁

我在富阳银湖街道的美丽乡村,看到了
一个又一个的中国江南的乐园

每一个村子的旁边,都好像有一个美丽的湖
富阳的太阳又特别任性
那些湖水足够美丽了,但是太阳
还是要让它们再披上金光
让所有的花和草,都在金色里炫耀

这时候,我的俄罗斯的心,充满了
中国的风情
这些波浪、这些花、这些草
为什么有那么多的热情?
富阳,真的是阳光特别丰富的地方吗?

一天,给我这个俄罗斯人带来什么?
为什么诗的灵感,会这么多地涌上我的心头?
阳光照耀在湖上,也照耀着我的笔尖
所有中国乡村的美景,都变成了
我的诗歌
那一棵棵的梨树,插满了
我的诗行

廖志理的作品

秋天的边界（组诗）

百日菊

时光正好　坡上风劲
寂寞如火
难免战栗

鸟鸣琴瑟
水流
入泥

噫
我
与你

恍惚
百日
一粒沙尘的呢喃

妖娆
未熄
一把蝉噪又散成了霜雪

而战栗
这百世的烧灼
仅仅　只在一瞬！

流水
云朵有照影之心
星星有跳水之意

而我就是流水
而我只是流水

流水有迂回之苦
卵石有磨砺之痛

流水失眠
流水无眠

流水只将内心的悒惶
流水只将内心的咆哮

以一朵短暂的浪花
送往无尽

送往
天边

良夜
没有萤火
却有星光

没有琴瑟
却有流水

没有霓裳
却有熏风

因为
你

有一片悬崖
扇动着白云的翅膀……
秋天的边界

跨过这道河水

就到了秋天的边界

落叶的边界

草枯树黄

冷气萧瑟

似乎

夕阳也迟缓了许多

滞留在山巅

就像我

徘徊在这城乡的边界

在青春与迟暮的流水边

远去的岁月

已无从寻觅

一丛荒芜

从心底铺向虚无

铺向高坡

这是多大的恩宠啊

就算寒意袭人

去路苍茫

上天仍然打开了

这晚霞斑斓的册页

河滩

车轴草在岸边

运送着阳光

红蓼以它的妖娆
挽留着流水

飞蠓在着急
寻找着短暂的归宿

万物匆匆
不曾停息

浪花
呢喃着我明亮的暮年

浮世

我坐在石头上
白云坐在天空里

河水坐在河床
不
河水从未静坐

青峰倾倒
波浪喘息

河水只将落日
将鸟鸣
缓缓送出这空阔的浮世

渔归

流水绕过鱼
就像风绕过我
撒开的晚霞始终是徒劳的
夕阳没有挣扎
就滑出了人间

风湿
骨痛
似乎只有湖水是饱满的
你独立船头
慢慢收拢月光
一生虚无的凉意

风吹

风吹我时
我也吹风

大风吹我
多好啊
我已变绿

我吹风
岩石
滚落

长风未息
山河退隐

夜雪
那些走失的人群
那些走失的羊群
必将返回

乘一阵北风

他们敲打我的窗棂
在深夜
那些逝去的纯洁的灵魂

返回的时候
总是带着满身的寒气
和急切的步履

其实他们从未走远
他们无形的守候
当我们在暗夜里沉沦

总有一次　他们打开窗棂

这刺骨的
这凛冽的
这满天愤怒的追问！

最美
一朵野菊披上了晚霞
那是你最美的时刻

你却不用再来找我
我在落日的喊声里

沉得更深